류종민 시와 조각

류종민 시와 조각

류종민 시선집

초판 인쇄 2022년 07월 10일
초판 발행 2022년 07월 15일

지은이 류종민
펴낸이 신현운
펴낸곳 연인M&B
기 획 여인화
디자인 이희정
마케팅 박한동
홍 보 정연순
등 록 2000년 3월 7일 제2-3037호
주 소 05056 서울특별시 광진구 자양로 73(자양동 628-25) 동원빌딩 5층 601호
전 화 (02)455-3987 팩스(02)3437-5975
홈주소 www.yeoninmb.co.kr
이메일 yeonin7@hanmail.net

값 15,000원

ISBN 978-89-6253-535-8 03810

류종민 시와 조각

류종민 시선집

여기 보이지 않는 한 도장을 영인이라 이름한다
영혼의 은도장은 생명의 인감이다
영혼은 시간 위에 날인을 하지만 그 인감은 보이지 않는다
누구도 도용할 수 없는 인감은 지상의 흐름이 순조로울 때 쓰일 일이 없다

연인M&B

시인의 말

조각은 3차원의 입체이고 시는 율조를 지닌 음악성이 있다고 본다면 4차원에 가까운데 시각적 세계와 보이지 않는 이미지의 세계를 같은 화면에 배치하는 일은 지난한 일이기도 하였다.

그러나 두 세계는 배후에서 만나 상승의 이미지로 확장될 수도 있을 것이고 시각작품이 시의 이미지를 제한하거나 장애를 일으킬 수도 있을 것이다. 그래서 무위의 자연경이 시에는 어울리기 쉬울 수 있겠다는 생각을 하였다.

유위 세계에서도 육체적 노동을 요구하는 조각은 물체와의 대결을 요구하는 고된 인고의 결과물이다. 그러나 여기서 습득된 정신은 인생의 어려움을 극복해 나가는 데도 큰 도움을 준다고 생각하였고 제자들에게도 이 정신을 귀하게 여기도록 격려하였다.

한 편의 시가 완성되기까지의 정신적 노동은 육체적 노동에 못지않음을 안다.

이 두 세계가 비록 고통을 이겨 내고 승화의 기쁨으로 현현되는 환희를 알기 때문에 시와 조각은 어려운 길을 마다하지 않고 간다,

이생에 이 두 세계를 노닐면서 서로를 보완할 수 있었다는 것은 커다란 축복이 아닐 수 없었다. 조각으로 표현하지 못한 세계는 시의 세계에서 그 날개를 마음껏 펼 수 있었다.

60여 년 제작한 조각은 일련의 동양의 신비주의적 맥락을 지니고 있다. 미흡한 대로 세상에 내보이는 저의 족적을 더 높은 단계에서 완성해 주시길 바라며 세상의 모든 밝은 이에게 이 작품을 바친다.

2022년 6월

之江 류종민

1집

천강의 달그림자

2집

달 항아리

3집

빛의 길

4집

하늘과 땅의 그대

5집

길이 열리다

6집

영혼의 도장

1집

천강의 달그림자

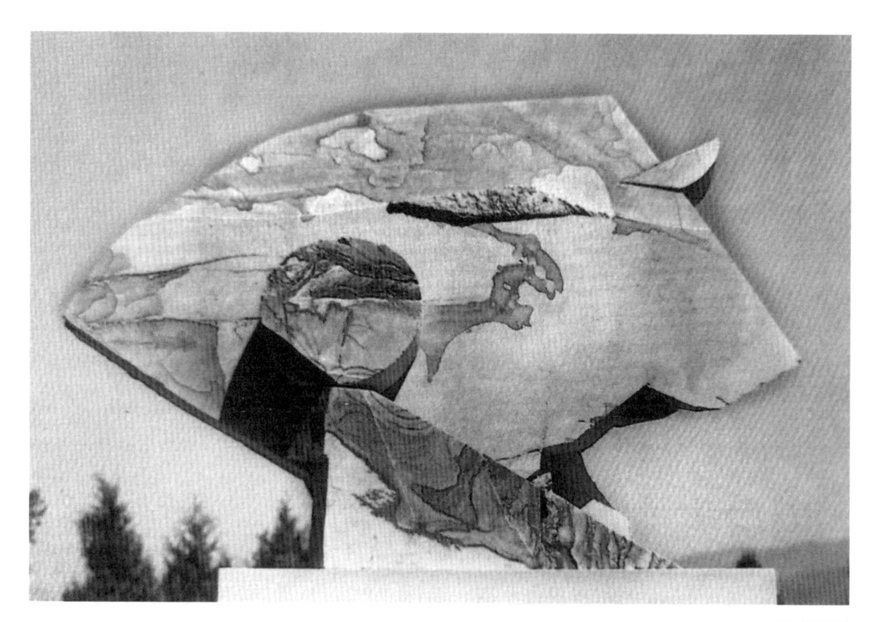

월인(月印)

노을

밤과 낮 사이에
노을은 아직 눈뜨고 있다
세상의 미진한 것 한아름 안고
암암한 고개턱을 넘기 전에
마지막 진하고 진한 말 한마디 남아
서러운 여명 버리지 못한다

온종일 풀무에 녹인 쇳물
먼 산 위 황금 계곡에 쏟아붓고
불타고 없는 허공 위에
아득히 사라지는 너

밤이 눈뜨기 전
순금의 계곡에
헤일 수 없는 노을의 씨가
여리고 질긴 비단을 수놓고 있다
진한 순금의 말을 수놓고 있다

신명

남도창 한 가락 천정에 닿아
실실이 실실이 감겨 맴돌더니
훌쩍 뛰어내리며
장고 북소리에 멋들어지게
준령을 넘네

올올이 풀려나는 소리
실연기처럼 피어오르며
아아 뼛속에 향(香)이 타오른다
흥겨운 열두 가락 굽이쳐 흐르며
모두 춤, 모두 선
너울너울 학이 되네

반디

어스름 숲 위
달 아래
흐르는 구름

소리는 잠들고
너울대는 꿈속에
갖가지 벌레가
은빛 혼령의 옷을 입고 날아다닌다

그림자 벗어 놓고
이 세계 만나 보지 못한 인연들
저희끼리 저리들 좋아하네

달빛

은실을 풀어내어 감는다
숲속의 실루엣이 녹아내리며
은쟁반의 둥근 바퀴 속으로 잠긴다
모든 색도 소리도 다 녹아들어
이 숲엔 남은 것이 없고
내가 하늘에 띄운 둥근 연만 밝다
천지가 그 빛을 삭여 내지 못한다
밤새껏 그 한 올도 삭이지 못하면서
나무와 새가 달빛을 먹고 있다
은빛 혼령의 너울을 쓰고
모두 넋 잃고 달빛을 마시고 있다

안개비

쏟아져 내리는 미망(迷妄)
바람도 없이
소리도 없이
산 위에서 피어올라
숲을 덮고 계곡을 덮는다
보이지 않는 산상(山上)에
잠자는 그대의 눈
그 가장 중심에서
반짝이는 불 하나 켜지더니
샘물 소리
죽순이 크는 소리
커 가는 굉음에 깨어
한 마리 작은 새가
안개를 뚫고
이 숲속을 가로질러 가누나

초원의 풀

그대들 보아라
한 번 피어나 그대로는 죽는 법 없는
저 극성의 생명들 보아라
뽑히기 전에 씨부터 맺어
세상에 나온 뜻 급하기도 하여라
버려두면 내 천지라
알량한 체면 접어두고 마구 뻗는다
내 팔이 자라는 데까지
내 발이 닿는 데까지
있는 힘 다해서 땅속 길 달린다
그래도 부대낌 없이
서로 비껴가면서
내 일부가 죽어야 할 땐
스스로 나를 위해 죽는다
촛불처럼
향불처럼
죽음으로 살린다

히말라야 1

세계의 지붕 위에 피어 있는 꽃
만다라의 중심 오지의 중앙에
핵보다 강한 힘이 있어
정신의 회오리
빛나는 섬광에 태워 버리고
어두운 산으로부터 서서히
백발의 흰머리 성성
먼 설산의 정상에
닿아 가는 손은
명암의 양쪽 끈을 쥐고
슬며시 세계를 흔들었다

시간이 죽고
그곳에 무엇이 태어났나

하늘을 받치며 서 있는 기둥
끝없는 주랑(柱廊)의 끝으로부터
예지의 눈을 단 작은 바람이
이 설원을 가로질러 왔다
아무도 모를 것이다
과거에도 불었고 미래에도 불
이 바람의 이름을

히말라야 2

보아라 세상의 높이
그 어디메쯤 나는 숨쉬고 있었는지

육신이 지탱하는 고개를 넘어
정신이 잡아 주는 두레박을 타고
심연을 더듬어 건져 올린 것
그것은 한 줌의 모래였다

가장 높은 산 위에
가장 깊은 바다의 화석이 있듯
이 지점에서
나는 어느 높이에 맞춰 숨쉬고 있는가

한 번쯤 돌아보지 않은
이 평이(平易) 위에 항상 서 있던 집이
그 창문의 크기에 대해
알지 못했다는 것이다

니르바나

찰나로 닿은 겁(劫)

깊푸른 하늘을 날아
붕벽(朋壁)에 걸린 구름의
그슬린 깃발을
찢어내는
예리한 절정 위에

퍼득이는
화안한 순금의 까마귀

월인(月印)

깨고 보니 없는 몸
몸이 꿈을 꾸었다

수억만 년을
몸이 나인 줄 알고
내가 몸속에 들어가는
꿈을 꾸었다

달은 천강(千江)에 비쳐
밝을 뿐인데

불가지(不可知)

거미가 망을 타고 공중에서 내려온다
가로질러 오는 작은 벌레들
그물망으로 바람은 마음대로 드나든다
왜 이 유리벽은 뚫어지지 않을까
한 마리 작은 나비 죽을 때까지 알 수가 없다

귀거래

가야지
그대 짐 벗어 놓고
왔던 곳으로 가야지

일렁이는 물결
바람 세찬 저 언덕
길 없는 길 아스라이 뻗어 있는데
하늘 고삐 잡고 내려다본다
이끄는 이 없는 수레
한 바퀴 돌려
살같이 빠른 세상
함 속에 넣고
가야지
구름처럼 그대 왔던 빛나는 그곳

우주춤

소나기 빗살의 속도로 쏟아지는 우주선
바닷가 따가운 하늘 아래
파도치는 우주의 율동
춤추는 입자 따라
정해진 형상 없는 존재의 본질 속을
헤엄쳐 가는 그대 카프라

동서를 넘어 의식의 뿌리에 핀
꽃을 따는가
그 열매의 씨눈에는
시공을 허물어 비추는 중중(重重)의 거울 있어
인드라 망의 망찰해*
아무리 헤엄쳐도 가닿지 못하네
한 생각 굳어진 껍질을 깨고
그 정수에 가닿는 사람아
시간이 휘어진 나뭇가지에 걸려
먼 뒤가 바로 여길세

* 우주는 상호 관계를 맺는 그물로 덮여 있는데 그물코마다 방울이 있어 끝없이 서로를 비추는 환영을 이루고 있다는 인도 신화와 불교의 상징적 바다.

초생달

중천에 싸늘한 비수
차디찬 빛으로 걸렸네

황사 먼지 가리운 장막 걷어내고
어디 저처럼 섬뜩한 주인공 있었던가
별 두 개 너머 또 두 개 둥글게 거느리고
돌아가는 밤하늘의 춤
지엄하여라

제례(祭禮)의 향불도 피지 않고
아무 제물도 없는
중천(中天)의 제단에는
밤을 지켜보는 눈만이 보리
청정한 빛살을 어깨에 매고
언덕 너머 숲길을 가는 이만이 보리

능히 마음의 도적을 끊어내는
저 예리하고 섬뜩한 빛을……

채운암

화양동 계곡
우암 송시열 문도들
강 바위에 앉아
세간의 먼지 떨구어 내는 얘기나 하지
시시비비
바람 소리 물소리 속에
무엇 들릴 것 있나

채운암 올라
도명산(道明山) 바라보니
한 폭 하늘에 채운된 그림
정좌하고 선(禪)에 들면
스님 법호 따라
저절로 일각(一覺)을 이루오리다
세간(世間) 출세간(出世間)
백운은 무심히 웃을 뿐이네

항하의 소리

인도의 현자가 배우던 강
옴의 소리
시간이 흐르는 우주의 소리
사람의 희비 섞어 빚어내는 만 가지 얼굴
모래알로 셀 수 없는 인간의 소리
끊임없이 이어지는 동시(同時)의 소리
산에서나 바다에 닿아서도
그대 헤아릴 수 없는 소리 속에
녹아 있는 것
한 움큼 떠올리면 사라지고 없다
공중에 떠가는 증기 되어
내 속에 흐르는 물이 되어
길고 긴 소리
날아가고 없다

승가사에서

하늘에서 쏟아져 내린 탑
바위산 기운과 내통하여
마애불 눈 속에 자란다

비봉에서 내려온 사람
세간 향해 큰 소리 '할' 하고
단풍에 잦아들어 없어지더니
여기 약수에 살아나
땀 절은 두 팔 받쳐 탑 앞에 섰다

무엇이 그대로 하여금 올라오게 하였는가
그대 무거운 육신 벗어 들고
힘들 길 걸어 이곳에 이른 다리
쾌쾌한 마음에 물어보라

바람 부는 날

오슬로 비겔란 미술관에서
그의 작품 바람 부는 날을 만났다
산으로 향하는 오솔길 따라
일제히 휘날리는 나무
옷자락을 부둥켜안고
바람을 거슬러 올라가는 사람 보았다

검은 목판에 찍혀 일어나는 바람
폭풍의 언덕에 또 한 사람
서 있는 것을 보았다
어디로 가려는 것인가
영혼의 바람 잠재울 수 없는
아 바람 부는 날은 나를 이기지 못하여 무서워라

다리골

다리골은 달뜨는 월향(月香) 마을
왜가리 내려앉은 호수에
해 기둥 달 기둥 바라보며
예술을 사랑하는 이 있어
좋은 술 빚어 마신다

산 멀리 이반의 작업실
높다란 천정을 향해
화덕 한번 크다

세상에 죄 없는 이 있으면
화덕 속으로 걸어 들어가 보라고
농을 하지만
사리는 아무나 나오나
영혼의 향기 짙은 이가 크게 한번 웃겠다

임동창 상량식에

소리로부터 태어나
소리 되어 타오르는 사람
건반을 두드리며
심령을 불러내면
온 세상의 혼령들이 일어난다

소리를 먹고 자라는 몸들이 있어
소리가 없으면 그도 없다
들리지 않는 소리
세상에 가득차
이 개울가 그의 집
수많은 풀벌레 속에도 살아 있네

남북 상봉

뜨거운 피 한 방울 다 타서
재가 되었나 했더니
망각인 듯 꿈인 듯
지나간 시간 뒤에 죽지 않은 불씨 남아
되살아나네 다시 타오르네
오! 회한의 세월 55년
죽지 않고 살아 있는 영과 육신이
시간 비집고 만난다
어머니와 아들, 아버지와 딸이
악몽의 시간 뒤에 만난다
누가 저질렀는가
이 돌이킬 수 없는 상흔
지울 수 없는 시간 위에 터지는 울음
한바탕 환몽인가 악몽인가
백발에 쌓인 정한
영장(靈長)이 영장(靈長)으로 하여 겪는 설움
이념이여 가라
네가 싹튼 나무의 뿌리로 가라
세찬 바람에도 끄떡 않고
부러지지 않을 가지를 뻗어
드리울 서늘한 그늘 아래
이 사람들을 쉬게 하라

김아라의 맥베드

셰익스피어의 왕
인간의 욕망에 암살되는 왕
저주의 독백에서 피어나서 양심의 갈등으로 꿈틀거리며
벌레가 되어 짐승이 되어 권좌에서 울부짖다가
허망의 바람으로 돌아가는 왕
오늘도 그 왕은 윤회의 바퀴 속에 살아 있어
시간마다 태어나고 또 죽는다
"손이 하는 일을 눈이 보지 못하게 하라."고 외치지만
눈보다 더 큰 마음의 명경(明鏡) 속엔
어떤 술수도 속일 수 없어
셰익스피어는 그 티끌을 낱낱이 끌어내
말의 도마 위에 올려놓고 요리한다
더 높은 눈을 뜰 때까지
하나도 버리지 않고 먹게 한다

스리나가르의 달

달(DAL) 호반의
선상 호텔 아테네에
늙은 캡틴 복장의 인도인 선장은
항상 '노 프로블름'

그가 떠 온 물병에
우리의 달이 담겨 건지려 하니
손을 흔들며 '노 프로블름'

밤 호반에 비친 달 보러
선창에 나가 짜개져 붙지 않는 달
하나가 되기 기다리는데
연잎을 타고 부는 바람
파문이 잠자지 않아
일어났다 앉아도 '노 프로블름'

요요한 이국의 수중은 깊어
미로의 길 밖 세상은
알 길이 없는데
달 호반의 아테네는
항상 '노 프로블름'

탄산 온천

수없이 모공(毛孔)마다 돋아나는 물방울
피부에 단 수만 개의 은구슬이
손가락 끝에서 부서진다

이 기이한 촉감으로 살아 있는 환영
제로의 시공이 만들어 내는 무수한 실체
은하의 별들이 둥글게 하늘에서 돋아나
쏟아져 내리듯이
이 방울들의 실재가 순간으로 무화(無化)한다

내가 다시 잠수하는 순간
수만 개의 방울은
다시 돋아나 매달리건만

독충

살 뚫어 퍼뜨린 네 독
반원형으로 부풀어올라
봉분의 무덤 속을 한 바퀴 돌더니
따가운 불볕을 쏟아붓누나

나는 네게 원한이 없거니
이 아픔은 누구의 것이냐
신경의 밑둥에서
곧추서 치솟는 이 불기둥

2집

달 항아리

옹달샘 소리

다 얼어붙은 못의
옆구리를 뚫고
옹달샘 물만
가늘게 숨 쉰다

그 옹달샘 낳은
작은 바위구멍은
죽지 않는 생명을
세상에 내보낸다

낙엽 덮은 눈길 밟고
법당에 올라
밝은 이의 숨소리에
귀를 열면

새소리 바람 소리
다 떠난 이 겨울에
옹달샘 네 숨소리만
또렷하다

바람

호수의 저 언덕
알 수 없는 곳으로부터
바람이 불어왔다

수면 위로 은빛 물살을
수놓아 달리고
공중으로는 호수보다 큰
팔랑개비를 돌려
이 언덕의 나무를
춤추게 한다

피안에서 여기까지 온 너를
아는 것은
이 언덕에서
춤출 줄 아는
한 그루 나무뿐이다

은행잎

죽음을 앞둔 가을에
너는 어찌 빛나는 황금으로
네 몸을 태워 변신하느냐

연둣빛 점으로 태어났던
수많은 탄생보다
더 화려한 너의 임종

순금이 되어 네 주위에 한없이 쌓여
너의 뿌리로 돌아가는
도리를 나는 몰라

벽오동

속이 비어 키 큰 나무
보라색 초롱꽃 떨어져
열매 맺더니
그 속도 비었는지
바람 불면 왈그락거린다

이 나무의 빈속 깊은 어디
옛 이름의 한옥 한 채 있어
다 잊어진 뒤뜰
낙숫물 떨어지는 소리
씨 속에서 들려오네

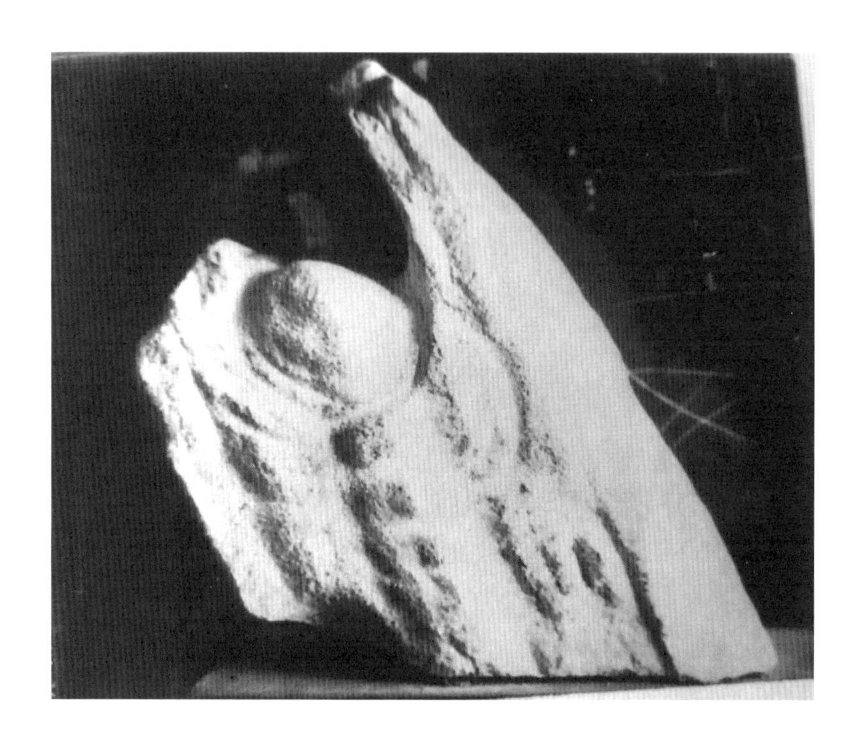

공룡능선

하늘과 맞닿은
허공 속에
세계를 토해 내는
장중한 공룡의 능선

시간의 꼬리를 끝없이
잘라 낸 등뼈 위에
오르고 내릴 길도 없이
화석으로 우뚝 서 있다

돌아갈 수 없는 길 위로
노을은 밀려오는데
넘어야 할 아득한 능선
시간의 행군이
꿈이었으면 한다

채스

달맞이 언덕 위
화인의 집
채스*
둥근 계단 올라
바벨의 중턱에서
쓰라린 긴 겨울 밤
시린 꿈을 깨고 나니

오호라
동녘의 일망무제
유리바다에 비친
넋 빠진 아홉 얼굴

긴 장검으로
빛나는 수평의 칼
바다에 걸고 간다

* 채스 : 부산 달맞이 언덕 위의 바벨탑처럼 생긴 화가의 집 이름.

본성의 백지

서판은 본성을 백지로 보았지만
그 백지 속에 보이지 않는
무엇이 그려지길 기다리는
그림이 있음을 보지 못했다

자기와 맞지 않는 그림이
그려지는 것을 참지 못하는 본성은
자기와 맞는 그림이
그려질 때까지 싸운다

자기의 백지 속에
그려져 있던 보이지 않는
그림을 찾을 때까지

보이지 않는 나

시간이 멈추어
흐르지 않는 강 위에
수많은 얼굴이 떠올라
나를 찾아보니 나는 없었네

다시 시간이 가고
흘러간 강물을 따라갔으나
그곳에도 나는 찾을 수 없었네

나는 어디로 갔나
갈 곳 없는 이 언덕 위에
찾을 길 없는 나는
어디로 갔나

비바람이 불고
한바탕 물이 용솟음쳐
돌아가는 그 깊은 곳에
문득 한 얼굴이
보이는 듯하더니
그것도 한순간 사라져 버렸네

눈부신 저 언덕 너머
보이지 않는 나는
어디에 가 있나

우주의 해부학

골격이 너를 세우고 있듯
자연 속에도 정신의 뼈가 있다
우주는 그래서 서 있고
그 머리는 네 속에 빛을 준다

누워 있던 뛰어가던
그 단단한 골격 속 우주는
흔들리지 않고
네 생각을 정돈해 세운다

너를 세우고 있는 기둥이
머리에 올려놓은 우주는
골격의 벽 속에 빛이 있고
피와 살은 그 아래에서
너를 가게 한다

숯

다 타 버리지 않고 남아
정말 타 버릴 시간을
기다리고 있는 너
금강석처럼 굳을 수 있는
몸을 헤집고
투명 위에 검정을 바른
저 아득한 미래의 화석

백두

흰 머리의 산

구름이 걷히면

깊이를 알 수 없는 하늘이

내려와 사는 못

산이 떠받들고 있다

두 발로 네 머리를

받치고 있듯

나무꾼 타령

세상 다 불태울 나무
장만하기 힘들구나
선녀여

먼지 없는 곳엔
불태울 것도 없건만
이 세상엔 웬 먼지가
이리도 많은가

3년간 불태우다 가신 이
40여 년 불태우다 가신 이

그래도 아직 불씨는 남아
쌓이는 먼지보다
불태울 일 많아
세상은 할일 없이
할일이 많네

불면

두 눈을 뜨고 밤을 새는 개가
한밤중에 짖는 것은
문밖이 이상해서가 아니다

꾸짖을 수 없는 세상이
꾸짖지 않을 수 없는
재채기로 터져 나와
파수꾼의 귀를
울렸기 때문이다

잠 들어라
새벽이 올 때까지
너는 잠자야 한다

구(球)

모난 것이 다 깎이어 둥글게 되었어도
모서리의 예각은 살아 있어
가끔씩 찌른다

불면의 밤에 살아나는 침은
둔중한 잠을 찌르고
필요 없이 돋아난 살도 잘라내
둥글지만 중심에 늘 서게 한다

사방이 팔방이 되고
삼십육방이 생겨도
그것을 감싸는 것은 구체

모난 것은 둥근 것 속에
둥근 것은 모난 것 속에 있지만

점 · 선 · 면

점
밤사이 맺힌 이슬
곧 사라질 장대 위에
새벽을 기다리며
타 버릴 태양 앞에
남을 아무것도 없는 허공에서
투명의 네가 갖는 마지막 순간

선
보이지 않는 두 곳의 연결은
몇 백 광년의 항성
그 별에서 여기까지나
온종일 무거운 짐 지고
길을 가는 개미나
이 별이 태어나 죽을 때까지
둥글게 도는 원까지도
시작도 끝도 없는 하나

면
그곳에 이르면 닿으리

작정하고 나선 길
평행을 막으니 막다른 골목
끝이 좁으니 그 소실에서
삼각도 생긴다
그러나 그것은 평행의 선이
영원에서 만난
착시의 모양이었다

해인(海印)

덧없는 구름
덧없는 세상의 비는 내리고
시름은 방울방울 흙속에 묻힌다

돋아나지 않는 씨
물속에 잠자는
그대 먼 고향엔
번뇌의 나무도 구름도 없는 동산

조용히 서서
떨리는 환희
이마에 달빛을 안고
온몸의 신경으로 자란 나무는
하늘을 향해
둥근 마음의 바다에 찍힌
도장을 싣고
아무도 모를 길을 간다

만해 마을에서

한 바다에 만강이 모이니 만해다
동서남북 멀리도 달려온 그대들
회색 구름은 위아래를
가로질러 가는데
바람은 자지 않고 대륙을
실어 나른다

하나쯤 떨어뜨릴 섬이
있을 법한데
다 거두어 가는 그물
그 코에 비친 얼굴들은
하나같이 번득이는
비늘들을 가지고 있다

대해를 헤엄쳐
만해에 이른 구름들이
놓아줄 수 없는
하나의 법망에 걸려
이 강 속의 고기가
오늘 많기도 하구나

무영탑

비칠 그림자 없이
빈 허공에 솟은 석가탑

아침의 땅 아사달
천년 시간의 그림자
길기도 하다

서라벌 허공에 솟은 탑은
영지에 비칠 그림자 없어
아사달 따라 그녀가 갔네

갈 곳 없는 물속으로
아사녀
그녀가 갔네

수마노탑

정암사 적멸보궁
내리는 눈이
산하를 덮어
높은 수마노탑
하늘 위에서
휘날리며 세상을
한 바퀴 돈다

탑을 돌면서 지워진
흰 마음에
수마노탑의 높이가 닿아
천공을 뚫고
귀가 열린다

허공 속에 쏟아지는
하얀 빛살
눈이 하늘 눈을 열었다

송광사(松廣寺)

보조국사의 지팡이
천년 고사목이 되어
살아올 날을 기다리네

나무 목(木)은 열여덟(十八)이나
두 칸이 빈 조사당엔
열여섯 국사
고려의 스승으로
이 골을 지켰네

하안거를 마친 스님들
안광에는 한 소식 있었는지
조계산 자락 연봉이 피어 웃네

벽안의 스님이여
사바 정토 한 바퀴 돌아
이 땅에 닿은 자리
천년 시간을 뚫고
빈 벽에 채울 두 그림자는
어디쯤 와 있는고

남도 기행

땅 끝을 향해 달려가다
강진 백련사 오르는 동백 숲은
푸른빛 윤기를 뿜어
싱싱한 섬들을 먼 바다에 띄웠다네

고개 넘어 다산 초당에는
산물이 나무다리를 건너
차(茶) 속에서 신(神)이 되기를 기다린다
초의선사 다신(茶神)이 오늘도 살아난다

불경(佛經) 실은 누런 황소 운 터에
미황사는 각양의 바위산을
위로 이고 정갈하다

남도창 가락 고개마다
해남의 다향(茶香)은 살아나
어깨를 들썩이며 고수(鼓手)는 신명을 낸다

두륜산 기운 따라
밝은 이 맑은 이 쏟아져 나와

한세상 풍요한 노래 얼씨구 합 궁 따
신나게 돌게 하라

손오공

참 무서운 것이 없었지
사람보다 나은 재주
뜻대로 휘두를 여의봉까지 갖춰
구천의 창공도 순간
사념의 끝까지 닿을 수 있었지
하늘을 받치고 있는 기둥
누가 여기까지 와 보았을소냐
일찍이 어떤 인간도 알지 못한 이 기둥
한 세계의 끝에서 전율했었지
오! 돌아와 보니
그분의 손바닥
작은 손가락 안에
그 사념의 끝이 있었네
참괴한 오공의 공(空)

세 채의 집

사람은 세 채의 집을 지어 봐야 인생을 안다고
누가 그랬지

첫째 짓는 집은 실수가 많아
다음 지을 때는 이러하리라 하면서 짓고

둘째 짓는 집은 실수는 적지만
짓고 나서는 또 아쉬움이 남고

셋째 지을 때는 다 잘된 것만 같지만
과연 그러할까

인생의 집을 짓는 이가
마음에 드는 집을 지을 때까지
얼마나 많은 벽을 허물고
창문을 갈아야 할까

달 항아리

천지를 모두 담는
그릇 하나 있어
하늘을 쳐다보니
공중에 달 항아리

빛으로 된 은 화살
온 땅 위에
되쏘고 있었네

하슬라

둥근 수평의 동해
정동(正東) 언덕에
하슬라의 우산은
하늘을 향해 열린 나팔꽃

종소리가 수평으로 퍼져
천 년을 감돌아 오더니
하늘과 바다가 무너져
하나가 된 지 오래다

동해 바위에 앉은 노인
매일 꽃을 바치는 이는
해 뜨는 새벽마다
바다에서 이 언덕까지
긴 빛 다리를 놓고 있다

천 년 동안 꽃을 바쳐 온 노인은
정동의 빛 다리가
서블의 어디에 닿는지를 안다

심청

보이지 않는 아버지
눈 뜨게 하실 일은
딱 한 가지

인당수 깊은 곳에
눈 뜨고 있는 그이 보기

눈 뜨고도 못 보는
세상의 수많은 이
한 몸 바쳐
눈뜨게 한 뜻

눈 뜨고 못 보는 눈
언제 다시 뜨게 할까

꽃길

천 년의 사랑이 끝나지 않아
꽃비 내리는 길을 한없이 걸었네

꽃들이 길을 열고
길은 다시 하늘을 열고
마음은 봄의 가득한 소리를 열었네

지상엔 꽃길이 열렸다 닫히고
바람은 꽃길 위를 쓸고 갔네

덧없는 하루의 꿈이라도
이 꿈을 매일 꾸었으면 하네
붙잡을 수 없는 시간 위에 찍힌 꿈이
비록 환(幻)이라 할지라도

보로부두르

자바의 중앙
족 쟈카르타의 오지에
만다라의 꽃과 열매
층층이 수많은
불 보살로 각인되었네

넓이와 높이
우주를 감싸는
광대한 상징이
중생의 삶
끝없는 세계처럼
중중찰찰
돌 속에 새겨져
살아 숨쉬네

파라오

태양신의 아들은
지상의 모든 생명
어이 파라오만이
그 아들이랴
아득히 쌓은 돌 무더기
그 삼각의 정점 위로
죽음을 넘어선 미이라가
껍질을 버리고 바로 설 때
태양은 항상 부활한다
오늘도 내일도

아크로폴리스

먼 바닷가
신화가 반짝이는 에게해에
구름 헤집고 닿은 햇빛이
아크로폴리스 언덕을 비출 때
성곽 위의 신전
파르테논은 일어난다

아테네 번영의 도시
모래알 같은 신화들이
이 언덕 위의 빛살에 살아나
하얗게 조상으로
신전의 돌 속에서
숨쉬고 있다

그랜드캐니언

거대한 힘으로
지곡이 짜개지고
꺼질 때마다
하나씩 세계가
창조되었네

허망의 도시와
성곽도 깎아 세우고
시간의 창문도 달아
몇 억 년 흐르는 세월을
가늠하였네

자연의 광장과 기념비에는
인간의 이름이 있을 리 없고
천상의 형용만 있어
지하에 흐르는 강만이
신비의 비밀을 아네

지층에 찍힌 역사는 눌러 두고
오직 바라는 바 하나 있어
그대 장엄한 세계의 폭과 깊이에
절하고 가네

브라이스캐니언

함몰된 땅 아래
붉은 바늘 성
수없이 쌓아 파 내려간
억만 년 비바람이
오늘은 눈을 덮어
열병식을 한다

5월도 하순에
이 별세계를 포장해
감추려는가

내 그대 희고 붉은
백일몽에 보았으니
말하지 않으리

3집

빛의 길

투명의 점

소리도 사라지고
색도 사라지고
조용하다

형언할 수 없는 기쁨이
적멸의 샘
깊은 곳에서 솟아난다

무엇으로도 바꿀 수 없는
고요의 허공
고요의 바다

시작도 끝도 없는
둥근 방의 한가운데
너는 투명의 점으로
앉아 있구나

적요

눈 오고 나서 이 밤이 조용하다
할 것도 없고
해야 될 일도 없어
마음이 쉬니 천지가 쉰다

하이얀 백지 위에
그릴 무엇이 있겠느냐

지울 것도 없고
더할 것도 없어
조용한 마을엔
바람마저 잠들었다

이 정적을 깨고
멀리 어디서 부르는 소리

먼지와 때

먼지를 탓하지 마라
먼지는 네 몸의 어머니
지상의 형상은 다 먼지이거니

때를 탓하지 마라
때는 네 살의 시체
지상의 속살은 다 때의 동생

먼지와 때가 없는 세상을
꿈꾸어도
형상을 꿈꾸는 한 먼지는 있고
네 몸이 있는 한때는 있느니

끝없이 태어나는 속살은
거죽이 죽지 않는 한
태어나지 않는다

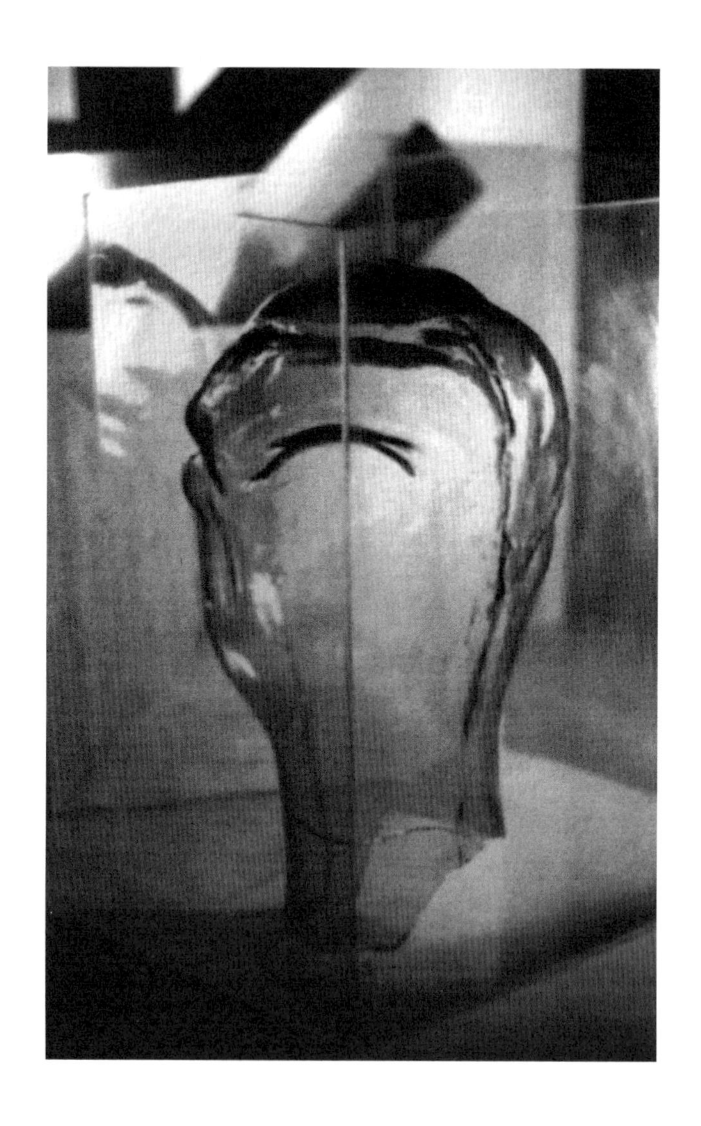

지우개

틀린 것 지우는 지우개
세상의 일도 지울 수 있다면
이 지우개 만들어 지우고 싶어

지우고 또 지워 남은 백지에
세상을 그리면 제대로 될까

지울 때마다 만들 수 없다면
세상은 항상 지울 수 없는 것
지워진 위에
다시 그린 세상
또 그러하다면 지울 수 없어

온천

흙으로 된 몸이
황토 탕에 들어간다
황토 탕에 들어가
풀어지는 몸

땅속에서 끓은 물
땅의 자식인 몸속에서 만난다

유황이 되고 인이 되고
붉은 철분이 되어
땅속에서 몸을 빚고자
스스로 끓은 물

땅 밖에서도
몸을 녹여 풀어내고 있다
굳은 뼛속까지

만남

어디서 무엇이 되어 만나지 않고
지금 여기에서 만났다

바람과 별 속에서 만나고
모래와 강이 되어 만났다

보이지 않는 깊이에서
어둠과 빛이 되어 만나고
생명과 죽음으로 만났다

영원의 빛으로 타오르는 순간
하나는 사라지고 하나만 남았다

그곳에 가면

삼천 대천의 하늘
열어 놓은 창문마다
가득차게 흘러나온다
너의 소리와 너의 형용
무량한 음율의 파도를 타고
수억만 년 계곡 아래
흐르는 물이 되어
내 가슴의 변방을 지나
아득한 곳으로 사라져 갔다

그곳에 가면
만날 수 있으리
빛나는 광휘의 언덕
적멸의 노을이 쌓이는 그 너머
너의 그림자 땅거미에 끌려
여기까지 닿은 그곳에 가면

동심원

시 아닌 시
글 아닌 글
그것을 써 보고 싶은 사람 있어
물 위에 섰네

바람이 수많은
소리를 불러
무량의 동심원을
그리고 가네

한 번 다녀가시다

빛은 한 번 다녀가시는 것이 아니로되
이름이 한 번 다녀가시니
세상에 한 번 다녀가시는 일이 쉬운 일이랴

수많은 빛살의 하나를 안고
한 생명씩 노래 부르다 가시는 님들
길거나 짧거나
하루거나 겁이거나
빛살로 왔다 가시는 길이 한 번뿐이랴

다시 오지 아니 할 듯 가신 님이
창공에 가득한 노래를 싣고
몇 은하계 아득한 광년을 지나
아름다운 이 별 잊지 못하고
빛으로 된 그들을 보기 위해 또 오셨네

무량한 시간과 생명으로
다녀가실 때마다 한 번이긴 하지만

다신(茶神)

차의 신이 시간을 타고
흘러와 마음을 씻는다

세정된 마음이
한 송이 구름과 만난다
창공의 구름이 일지암 샘물의
쪽박에 고인다

차는 물의 신령을 불러모아
원래의 영혼을 눈뜨게 하고
정신을 깨워 곧추 앉게 한다

초의선사와
이 시간에 오는 벗은
말의 때를 묻히지 않는다

태고로부터 흘러온 시간이
고일 수 없는 샘에서 넘쳐
태어날 먼 미래의
너를 만나고 있다

아름다운 영혼

내 일생 중 가장 감사한 일은
아름다운 것에 눈뜨게 한 일
아름다운 마음과 영혼이 없으면
무슨 의미로 세상을 살아가랴

내 일생 중 가장 고마운 일은
아름다운 사람들을 만난 일
많은 인연으로 살아가는 세상에
아름다운 영혼은 희귀하여라

내 일생 중 가장 다행한 일은
아름다운 밝은이를 모시게 된 일
아름다운 지구별이 다할 때까지
아름다운 영혼은 영원할지라

한강에 담긴 해

깊고 긴 밤이 지평으로 묻히고
장엄한 해가 얼굴을 내밉니다
한강을 달구어 빛 다리를 놓고
유채꽃 사이에 얼굴을 부빕니다

작은 풀꽃들이 얼굴을 붉히고
밤사이 사연을 빛살에 태웁니다
한강은 잠시 시간을 멈추고
흐르는 수면은 명경(明鏡)이 되어
천상(天上)과 수면의 빛 다리를
거둬 올립니다

사람에 관한 파문
두루마리로 접어 올리니
소리는 죽고
시간에 찍혔던 인간의 그림들
한 장의 책갈피로 접히고 맙니다

당신의 장엄에 굽혀 절하니
나 또한 당신 책갈피의 하나가 됩니다
모든 시간의 풍경이 녹아들어
오늘의 역사 한쪽이 됩니다

맑은 내의 셔블

생명의 힘이 쇠진한 오후 네 시
한 병의 에네젠으로 불을 지핀 후
문득 청계 맑은 물 보고 싶어 집을 나서다

마침 반포교 위의 태양은
명경이 된 한강 위에 자리를 펴
다리 아래 물은 없고 빛만 있다

물은 속으로 흐르고
청계에 이르러도 그러해
물은 제 속도로 걷는 사람들 속으로 들어온다
물로 된 생명들이 빛으로 된
거죽으로 제 모양을 빚어내고
빌딩들도 하늘로 오르다 말고 물소리에 쉬고 있다

작은 수초들이 잠에서 깨어나 귀를 열고
투명의 눈을 뜬 생명들이 조약돌 사이에서
하얀 이를 드러내고 웃는다
많은 이들의 속으로 물소리 흘러 들어와
이 셔블의 작은 방이 가득하다

대왕암

해 뜨는 동해바다
용이 되신 문무대왕
석굴암 부처님과
매일 아침 만나신다

반도를 통일하며
염려하신 바다 건너
행여나 서라벌에
모진 바람 불어올까
빛 다리 타고 오셔
고운 아침 만나신다

건달파

노래를 부르고 싶었네
춤을 추고 싶었네
저 바닥의 본성이 시키는 대로
바람이 나무에 감겨 소리를 내듯이
거침없이 허공을 나르는
춤과 소리의 신

만물을 쓰다듬는 율조
뛰며 뒹굴며 헝클어지며
시작도 끝도 없는
소리의 끈을 몸에 달고
산하(山河)를 쓰루만져 튕긴다

보이는 소리
보이지 않는 소리
모두 휘감고
열두 개의 실을 풀어
사계를 짜누나

범종

포뢰용은 고래를 무서워해
가장 크고 우렁찬 소리로
범종 위에서 운다

분별이 사라진 세계에는
크고 작음이 없지만
소리의 맥놀이가
들을 수 없는 그대 심부의
허공에 파동치며
깨달음의 바다를
일으켜 세운다

기다니 합창단

반짝이는 까만 얼굴의
영롱한 영혼들이 노래를 부른다
고난 속에 피어난 웃음은
문명의 때를 씻어 내고
가식의 옷을 헹구어 말린다
바람이 부는 초원의 풀이
춤추는 율조를 무어라 하겠는가

팔을 뻗어 가르키는 하늘과 땅
그곳에 사는 나무와 사람이
정갈한 영혼의 노래에
세정되고 있다

박자를 맞춰
순번을 기다리는 천상의 문 앞에

루오에 부쳐

인생을 한바탕 광대놀음으로 본
루오 그림 속에는
화려한 슬픔이
굵은 선 뒤에 숨쉬고 있다

황혼의 언덕에 세 그루 나무
신의 아들과 두 도둑 인간의 죄를
몇 겹의 색과 빛으로 숨겨
돌을 만들었는가

무거운 때는 납이 되어 가라앉고
찬란한 빛이 투명의 유리 위에
광휘가 되어 쌓인다
마지막 돌아갈 영혼의 길 위에

나목

다 떨어진 잎
벌거숭이 몸이
원래의 너였구나

바람에 가릴 아무것도 없이
겨울을 맞는 너

땅 위로 떨어져도 썩지 못하는
헤일 수 없는 분신이
어디로인지 실려 가고
뿌리에 닿을 길도 없는데
가지마다 돋아나는 천 개의 눈

위로 위로 오르는 천 개의 강에
빛은 시간을 수놓아
시린 나이테 또 한 줄을 긋는다

로키

홀로 하늘을 배경으로
목을 뺀 설산은
비춰 볼 데 없어
외로워라

이웃 설산 아래 거울 호수는
당신을 비추는데
당신의 높이는 깊이가 되어
그 끝을 알 수 없네

바다에서 솟아난 거인
들썩이던 팔과 어깨를
구름 속에 감춰 보지만
바위 속에 잠자는
당신의 힘은
대륙의 뼈로 누워 있네

팡보채

고도 사천육백 미터
히말라야 최고봉 마을의 초등학교
그 고산의 정신은
설백의 꽃을 키운다

구름이 걷히면 햇빛에 투사되어
황금색으로 내려다보는 설산
이 자연의 영혼 속에 동화된 아이는
미미한 자아의 껍질을 벗고
웅대한 신비의 영감을
받아 마시고 있다

고준한 깃발을 세우지 않아도
세상은 그 기운에
감전될 것이다

경포에서

수평(水平)의 언저리에
부서지는 파도
망망한 그 근원은 알 수 없는데
끝에 닿은 포말의 선이
오락가락 획을 긋는다

거울 호수의 포구에
천 개의 주름진 소리들
빛이 되어 반짝이드니
투명한 돌이 되어
물속에 눈뜨고 있다

보아라
산 그림자 속
주름진 네 얼굴보다
밝고 큰 이 호수 속에
숨어 있는 달

콩돌 해안

그곳에 가 보았네
수없는 콩돌이 사그락사그락
바다와 읊조리는 백령도 콩돌 해안

모난 것은 이 동그만 공화국에
허용되지 않는다
그 주민의 이름은 오직 콩돌
형형색색의 콩돌이
시간의 주형 속에 태어났다

잘나고 못난 것이 없는 공화국
모두가 보석이어서
아무도 이것을 가져가지 못한다
그 마음이 콩돌을 닮기까지는

노이 슈반 슈타인

바슐라르
그 왕자는 분명
'꿈꿀 권리'가 있었네
창 건너 보이는 바위산에
새 몽상의 성
이미 꿈속에 있었네
왕이 된 그가 지은 새 백조의 성
꿈꿀 권리는 꿈밖의 성이 되어
암반 위에서 호수를 내려다보네
국고를 탕진한 그는 비명의
꿈속에서 갔지만
아름다운 노이 슈반 슈타인
죽지 않은 꿈속에서 나와
오늘도 살아 있는 성

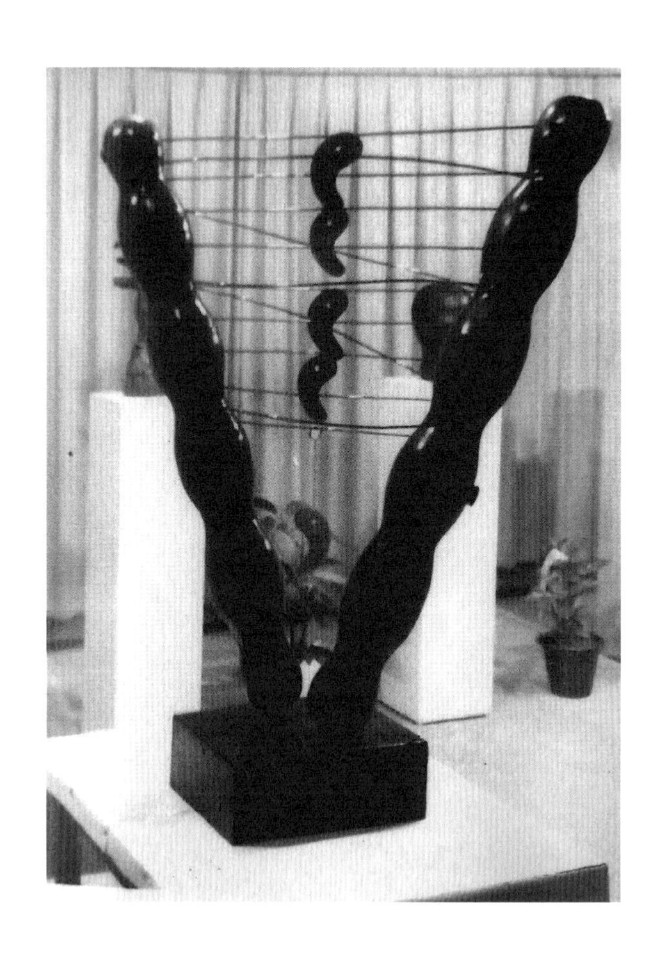

가리라

꿈 밖의 세계로 가리라
길고 긴 꿈 말아 쥐고
꿈 밖의 세계로 나가리라

꿈꾸기 전의 그대
만날 때까지
꿈꾸기 전의 그대
찾을 때까지

멀고 먼 꿈속 길 여의고
꿈 밖으로 나가리라

우주 그리고 우리 별

비록 작은 먼지의 한 점이지만
이 행성은 어느 큰 별보다 아름답구나
옥구슬 같은 우리 별
끝없이 팽창하는 우주 속에서
지금 무엇을 하고 있는가

태양계 넘어 오천 광년의 백조성운
삼천, 육천 광년의 개미성운
팔천 광년의 모래시계성운
구천 광년의 삼열성운 조각
항성으로 진화하는 독수리성운
일억 천사백만 광년의
두 개의 은하수는 합치고 있네
쌍둥이자리의 베타별
거대한 대각성, 안타레스별

이 속에서 태양은 한 개의 점이고
지구는 먼지구나
허나 어쩌랴
나는 육십조 세포의 사령관이고

육십억 인구의 한 사람인 걸
병들지 마라 이 아름다운 옥구슬
작은 별이여

천의 동화

다섯 살 때 지은 동화집에는 금하 복 방울을 지닌 한 아이가
지상의 미혹을 청소하고 평화 세상을 오게 하는데
그 아이가 입은 옷이 독수리 날개를 단 천의(天衣)였네

귀한 하늘의 소명을 받은 금하는 여의주 같은 복 방울을 지녀
맑고 투명한 하늘의 뜻을 지상에 펼쳤네
이 방울은 마음을 비워 정갈한 이만이 가질 수 있는 것
사악한 이가 탐하다 벌 받았네

어리석은 무리 사라진 세상
어릴 적 꿈속 하늘은 저물고
아직도 노을에는 물들지 않는 빛이 있네

꿈꾸지 않는 나무

잠들어도
깨어 있는 나무는
꿈꾸지 않는다

꿈꾸는 모든 것은
나무 밖에 살고
나무 속 나이테는
꿈을 박지 않는다

오석 작품

흰 점들이 뭉쳐서
은하가 된다

돌들은 부숴지면 먼지가 되고
바람 불어 쌓이면 흙이 되는데
어이 오석의 흰 점들은
별이 되는가

둥근 천공(天空)에서 쏟아져 내려
빛나는 암흑을 수놓고 있다
검은 광채 속에 돋아난 별들
저 무량한 검은 공간의 여백

빛의 길

1

하늘에 닿는 길
마음속 깊이 숨어
온 끝은 보이지 않고
가는 고개도 알 수 없지만
이 길은 하늘에 닿는 길

굽이굽이 준령을 넘어
석양을 간다

노을이 산마루에
한 그루씩 나무를 빛 속에 녹여
아득한 하늘로 데려가누나

2

새의 길은 하늘 길
막힘 없고 걸림 없는 자유의 길
바다를 건너 대륙에 이르고
겨울을 떠나 봄을 맞지만
철새는 떠나야 할 때를
놓치지 않네

3

길에서 나고
길에서 죽은 이여
길을 보고
길 없는 길을 밟아
그곳에 이른 이여
그 길 따라 가는 길이
오늘까지 뚫렸네

4

짐승이 가고
사람이 가는 길
수많은 갈림 길
물길과 산길
낭떠러지 위에서 뛰어내리면
물길은 폭포가 되지만
그대는 돌아가네
성읍에 닿기 위해
그대는 얼마나 많은 길을
돌아왔는가

5
달이 가고 별이 가는 길
가없는 우주 은하의 길
수없는 별의 탄생과 죽음
하룻밤 꿈이 많기도 하다

길은 공간과 시간의 기호
길은 기억의 숲에 그려진 표상
길은 있기도 하고 없기도 하다

지도에 그릴 수 없는 길이 있어
당신은 그저 미소 지었네

6
큰 바위 얼굴이 서 있는 길
예언자는 보이지 않고
세간의 닮은 이는 닮지 않아
그 길에 들 수 있는 이는 없었네
이 길은 누구도 닿을 수 없는
보이지 않는 길
그렇게 자란 아이만이 알았네

7
큰 길에는 작은 별꽃이 없어
큰 길 가는 길손도
오솔길을 그리네
오솔길에 앉아 실개천 들여다보면
작은 조약돌 거봉의 바위를 닮았네
별꽃의 작은 별이 우주선이네

8
눈길이 만든 무지개
아름다운 지상의 소풍
눈길 닿는 모든 것이 환호한다
눈의 길은 새로운 만남의 길

이 길손은 아름다운 세계를 만드는 사람
아름다운 영혼을 지닌 그가
닿는 것마다 보배가 되네

9
언어의 길
말씀엔 길이 없으나
뜻으로 된 말엔 길이 있네

빛 밝은 말은 생명의 길
어둠의 말은 죽음의 길
침묵의 말을 금이라 하고
소리의 말을 은이라 하였네

보이지 않는 말씀은
글 속에 없고
보이는 말이 글이 되었네

10
마음의 길
생각이 없음에 길은 없고
한 마음이 만든 길은 가이없다
생각의 밭고랑에 심은 씨
달고 쓴 열매가 다 이 길 속에 있네

빛으로 가는 길에 열린 열매는
만질 수 없고 보이지 않지만
그대 마음의 바다 해저에
썩지 않는 보배로 남아 있네

11
떠나지 않은 나그네 같이
한없이 돌아
제자리에 왔네
어디를 다녀왔는가
꿈속에서 많이도 보고
많이도 만났다
사막에서 한 모금 마신 물
잊지 못할 생명수였네

세상의 먼지
세상의 갈증
이곳에는 쏟아지는 폭포뿐이네

12

눈이 내린다
죽은 이의 무덤 위에
눈길은 보이지 않고
하늘의 전령은 길 없이 날아온다
하나의 말씀으로
그의 모든 일생을 덮는다
흰옷을 입은 그의 죽음은
허공에 가득찬 길이 된다
수많은 눈길이 환희의 춤이다

4집

하늘과 땅의 그대

황태

북풍이 동장군을 몰아세우고
언덕에 매달린 나를
냉동했다
동해는 얼지 않았으나
내 눈은 얼음 속에 있었다

몇 번이고 다시 깨어난 나를
사람들은 약이라 한다
술 취한 사람도
새벽을 걸어가는 사람도
깨기 위하여 나를 먹는다

몇 번이고 다시
깨어나면서
내 몸은 황금이
되었기 때문이다

삶의 조각

당신이 삶을 조각한다고?

아무리 부쳐도 거죽만 늘어나고
아무리 깎아도 뼈에
이르지 못하네

부질없이

부치고 깎는 일이
조각이 아닐진데

당신은 삶을 조각할 수 있는가

투명의 씨

불면의 밤에
홀로 깨어나 앉은 사람

그 좌정한 손 위에는
잘 익은 과육의
씨 몇 개 놓였네

어디에도 심을 수 없는
투명의 씨 하나

아득한 선반 위에
올려놓고
하늘의 별과
달빛을 받으니
이 밤에 불면의
밭고랑이 풍성하네

삼태극(三太極)

이 밤에 또 수많은
별이 탄생하네
세 개의 꼬리를 달고
밤의 한가운데서
회전하더니
서서히 멈추고
드러난 모습
대문에 그려진
우리 삼태극

미래의 어느 때
안드로메다은하와
우리 은하계가 마주칠
오천억 개의 별들이
춤추는 중심의 한가운데
가장 멋있는 저 삼태극

이단

줄 서는 곳에
그 꽃은 피지 않아
쓰고 달고 매운 열매는
그곳에 열리지 않아

기계인간 중에
도망친 유독 하나
역사를 바꾸고
문명을 바꾸네

줄 서는 대열 속에
없는 그것은
하늘도 땅도 모른다네

유리벽

미물만이 유리벽을
이해하지 못하는가
벌레들은 유리벽을 돌며
보이지 않는 장벽에 통탄하고
물고기는 어항을 돌며
유리벽을 그들의 세계라고 믿는다
새들은 창공인 줄 알고 날아가다
유리벽에 부딪혀 죽었다
그중 한 마리 새가
유리벽을 뚫고 들어와
불사조가 되었을 뿐
그러나 내 오늘 유리벽을 지나려다
심한 타박상을 입었다
순간 번개처럼 일어나는 미망의 연민
유리벽에 머리 박고 죽은 새야
내 너를 비로소 애도한다

하늘과 땅의 그대

하늘과 땅이
그대 속에 녹아들어
그대는 하늘 그대는 땅

그대 샘 속의 하늘엔
샛별이 반짝이고
그대 한 웅큼 흙속엔
반만년 나무가 자라네

그대는 산과 강
그대는 구름과 비
세찬 질풍도 그대 속에 잠자네

그대 서면 하늘과 맞닿고
그대 앉으면 땅과 하나 되네
좌정한 그대는 한 그루 나무
시간을 뛰어넘는 한 그루 나무

돗자리 풍경

한세상 물레 감기는 소리
풀어서 짜는 그림은
오방색 짙은 돗자리가 되어
바닥에 깔린다

그 위로 황혼의 물감이 풀어 놓은
노을과 암갈색 갈대가 부대끼며
사그락 대는 소리

비취빛 호수가 황금으로 물들면
노니는 고기도 다 금으로 변해
갈대숲에 잠든다

돗자리 위에 핀 풍경 속에
일몰의 새들이 돌아가면
일렁이는 그림자 안고
그대 꿈속의 잠을 잔다

다중 우주의 창

수많은 소리와 영상이 겹쳐
그 창문을 열기 쉽지 않네

화산이 터지는 소리
그 사막에는 바람만 부는데
이 파도는 어디서 부서지나

달리는 열차에는 설산이 눈부시고
아이의 눈망울에 눈꽃이 피었는데
세계는 요요하고
만다라의 핵심은 멀기만 하다

마음의 변방에 핀 요원한 풍경
그 누구도 이르지 못할
꽃 한 송이 받쳐들고
시공이 겹친 세계에서
또 하나의 나를 보네

투명옷의 그림자

달은 태양과 지구의 그림자
달은 스스로를 보지 못하여
천강에 비춰 제 얼굴을 보는가

너는 마음의 그림자
스스로 보지 못하여
거울에 비친 얼굴로
제 마음을 보는가

비쳐 볼 수 없는
그림자 아닌 그대는
어느 언덕을 넘어오고 있는가

투명 옷을 입고
내 속으로 들어와
그림자 아닌 나를
흔들어 깨운다

상흔의 강

겨울 양수리에서 보았지
번개가 친 자국 따라
짜개진 겨울 강

아득한 언덕 보이지 않는 끝까지
쩡하는 울림으로 강은
시원히 몸을 찢었다

찢어진 사이로
수정같이 맑은 피가
번개에 덴 상처를
곱게도 아물려
투명의 길을 내었다

태고의 바람이
하늘의 길을
짜개진 강 사이에
옮겨 놓았다

모두 춤

죽은 자는 누워 움직이지 않으나
살아 있는 모든 것은
춤추고 있습니다

바람이 부는 대로 깃발은 나부끼고
갈대는 파도치며
돛배는 달립니다

태어난 모든 것은 죽을 때까지
춤추고 있습니다

심장이 뛰는 대로
멈추지 않는 율동이 천지에 닿아
깊이를 알 수 없는 바닥과
높이를 알 수 없는 천정까지
다할 수 없는 노래로
춤추고 있습니다

작은 물방울 속에서도
살아 있는 약동이 차고 넘쳐
멈출 줄 모르는 생명을 다하여
모두가 춤추고 있습니다

불나비

제 몸 태워 죽음에 이르는
불을 사랑하는 불나비
너의 어디에 불씨가 있어
불을 향해 날아가는가

광란의 춤으로
허공을 맴돌다가
마지막 불에 온 생명을 태우고
짧은 한생을 마감하는 너

미망의 한 톨 불씨
남김없이 태워
다시 태어나면
불 아닌
빛을 사랑할지니
그때 이름은
빛 나비 되리

화인의 불능

인생을 그리는 화가가 있다면
그의 화폭은 얼마나 길까

저 작은 옹달샘 실개천 지나
나무와 산이 담긴 못 속에 노닐다가
바람 세찬 언덕 지나 폭포로 뛰어내리며
바위와 부딪치는 강을 따라서
어느 바다 포구에 이르렀는데
내리는 사람과 떠나가는 배
번갈아 타며 어디로 갈까

빈 화폭에 점 하나
찍더니 그것마저
한 붓으로 지워 버리고
인생은 그릴 수 없다고 하네

한 그루 나무의 화답

온누리에 가득찬
아름다운 영혼들의 춤
빛으로 반짝이며 노래하누나
석양에 반짝이는 물결이 되어
신의 가슴속을 흐른다
그의 꿈속의 나는
깨어 있는 눈으로 그를 보건만
아름다운 영혼들은 꿈 밖에서
나를 본다
서로 비춰진 영혼들의 미소가
온누리에 가득차 나를 부르건만
나는 꿈밖으로 나가지 못한다
한 그루 나무가 되어
춤과 노래로 화답할 뿐

신 기탄잘리
—봉헌송

무엇을 바치리이까
구족되어 장엄한 당신에게
이 마음 곳간의 무엇을 바치리이까

당신의 빛이 쏟아져 들어와
어두운 구석 다 비출 때까지
새벽에 바치면 저녁에 차고
밤새 두고 꿈꿀 수 없어 또 바치지만
먼지로 된 세상 이 한 몸이 먼지이거늘
어디서 먼지 아닌 것을 찾겠나이까

이제 해가 떠오르면
숲속으로 가서 새소리를 들으렵니다
그들은 몇 마디 말로 자기들의 마음을 다 얘기합니다
빛과 함께 있는 먼지가 그들의 소리 속에는 많지 아니 합니다

숲속을 지나 강으로 갑니다
물살이 적은 샛강은 얼어 있고
매서운 바람에도 큰 강의 새들은 유영을 합니다

오직 가질 수 없는 무엇을 구하고 채우려는 듯
그러나 강은 말하지 않습니다

오직 빛살과 함께
천 개의 물살 천 개의 소리가 반짝이며
시간을 따라 흘러가지만 강은 새처럼 말하지 않습니다
천 마디 말보다 한 오리 하늬바람에 춤추며
강의 빛살에 쪼개져 만 가지 모양으로 흩어질 뿐입니다
흩어졌다가는 모이고 모이는 듯 뭉쳐서
하나의 빛 다리를 놓습니다
해가 비치는 그 자리로부터 이곳까지
수많은 금실을 풀어 수놓고 있습니다
형용할 수 없는 말로 당신의 빛을 형용하고 있습니다
내 눈은 말을 잃고 당신 앞에 엎드려 절합니다

아무것도 바칠 것 없는 제게 주는 당신의 선물은 너무도 커서
이 작은 마음의 곳간으로는 감당할 수 없습니다
세계가 이 다리를 건너 내려오고
세계가 이 다리를 건너 펼쳐집니다
이 세계는 너무나 아름답고
너무나 밝아서 형용할 길이 없습니다

오! 당신이 주시는 세계는
먼지로 된 내 몸의 곳간에 너무나 과분합니다
빛 다리를 타고 당신께 오르는 저를 받아 주시는 당신은

형용할 수 없는 말씀이시고 표현할 길 없는 사랑이십니다
엎드려 절하며 쏟아지는 눈물로 제 마음을 닦아 바칩니다
받아 주소서
저는 이곳에 없고 빛 다리 위에는
그림자 없는 제가 당신 앞에 절하고 있습니다
하늘처럼 투명한 이마가
닿을 수 없는 빛의 바닥에 닿는 순간
세계는 환희의 노래에 춤추며 천 개의 소리로 화답합니다
수많은 꽃들이 피어나며 알지 못할 열매가 가득합니다
바람은 시원하고 들리는 모든 것은 황홀하여
당신의 음성은 이미 소리가 아닙니다
새소리 바람 소리 강 소리 넘어
당신의 음성은 어떤 소리로도 형용할 수 없습니다

빛 다리에서 사라진 나는
형용할 길 없는 당신의 선물을 세상에 돌려 주렵니다
받을 길 없는 선물을 받을 수 있는 청정한 이를 찾아
다시 길을 나서렵니다
그들이 바칠 수 있는 모든 곳간을 다 비우고
이 선물로 채울 때까지

노부부의 꼬꼬꾹

햇빛 눈부신 날
연둣빛 순들도 눈부셔
노부부 잡고 가는 손엔
이해 새순이 또 피었네

영감이 손가락으로 꼬꼬 누르면
할멈 또한 꼬꼬꾹 눌러 웃었는데
어느 날 영감이 고목으로 누워
꼬꼬꾹 교신을 할 수 없었네

석양의 햇빛이 병실에 눈부신 날
할멈은 하염없이 꼬꼬꾹을 보냈는데
아니 고목에 새순이 돋아
영감의 손이 꼬꼬를 하였네
이런 기적이 있나 말의 길이 끊어진
꼬꼬가 피어났네

양파

껍질 속에 알맹이
어디 있는지
아무리 까도
알맹이는 아니네

매운맛 모두 같아
알맹이 따로 없는데
무엇하러 껍질 알맹이
구별하였느냐

흙바람에 굳은 껍질
한 올 벗기면 속속들이
다 알맹이인데

살아가는 모든 것이
알맹이인데

달아 공원에서

바다에서 석양의 하늘로
이르는 길이
꿈길 속 빛살로
이어져 내려
아슴푸레 저 멀리
점점이 붉은 홍조를
띠고 웃는 섬들의
속가슴을 나는 몰라

이생에는 닿지 못할
바다 위 길이
지워지지 않을 유리에 찍혀
저 빛은 분명 그곳에 이를진데
꿈꾸지 않고서는 갈 수 없구나

클림트에 부쳐

소용돌이치는 그의 그림
생명나무 가지 끝에
눈들이 달려 있다
사람의 눈을 뜨고
포옹하는 여인을 바라본다

생명나무에 이는 바람은
황금의 도포를 입고
수많은 눈이 달린
모자이크를 흔든다

열중하는 연인은
태풍에도 흔들리지 않고
자기의 사랑을 완성한다

시간의 초침이 멎은 공간에서
영원의 포옹을 하고 있다
삶과 죽음이 하나가 되어

채 장군 병사묘역에서

초월의 평등을 깨치신 이여
하늘의 별은 하늘로 돌아가시건만
당신은 병사의 옆에 누우셨습니다

월남의 전선에서도 한 사람의 양민을
살리기 위하여 백 사람의 적을 놓아도
좋다고 하신이여
당신은 하늘로 돌아가시지 않고
병사의 차디찬 땅에 묻히셨습니다

아직 마르지 않는 흙 위에
황금의 잔디 위에 당신의 마음처럼
따스한 햇빛이 비칩니다
이제 엄동을 녹일 뜨거운 별이
병사의 묘역을 훈기로 채웁니다

아름다운 별이여
당신의 낮고 낮은 지하의 광채가
하늘보다 더 높게 이곳을 울립니다

누구나 한번쯤 들여다보아야 할
자신의 거울 위에

P씨의 나목

모든 옷을 다 벗은 나무
풍성한 잎과 열매
다 땅으로 돌려보내고
새봄이 오기 전에
제 원 모습을 탐구하는 나무

다 드러난 겨울의 뼈
한 대씩 회초리 맞으며
한 가지씩 뻗는다

하늘은 켜켜히 돌이 되어
별같이 박히고
아무리 캐내어도
그 화강석 은하는 끝이 없다

나무와 돌아가는 사람이
캐낼 수 없는 보석의 돌을 이고
정지된 시간 속의 어디를
하염없이 가고 있다

* P씨 : 박수근.

휴휴암에서

망망대해
동해 용왕은
운폭 큰 파도를 밀고 온다

태양은 구름 속에 숨고
어제 비춘 보름달은
관음의
어깨 뒤로 숨었다

누워서 만년을 쉰 보살은
바위 귀로
해조음을 듣는다

한생이
한 방울 포말로
부서지건만
소리를 보는 보살은
공중에 뛰어오른
물방울에서

억만 겁 바다의
한생을 본다

화암사(禾岩寺)에서

금강산문(金剛山門) 입구에서
가을 기운 온몸으로 쐬며
화암사 들어가니
그 산 바위 참 괴이하고 힘 있다
몇 개의 동물, 몇 알의 쌀 이삭
뿔과 고함 소리 다 찍혀
보는 눈 압도한다

사람 마음 어디에
있을 법하지 않는 세계가
말할 수 없는 기운과 형용으로
새겨진 바위산
하늘 위에 올려놓고
제 마음 들여다보며
송밀차 한 잔으로 마음을 녹인다

빛 둥지

황금의 해가 징소리를 내며
관목 숲 마른 가지 사이를 비집고
제자리를 틀고 있다
새 둥지처럼 빛 둥지를 틀고 있다
빛 둥지가 땅으로 묻히면서
관목 숲에는 둥근 幻이 남았다

강렬한 낙인으로
내 동공 속에 찍힌
빛 둥지 하나 남았다

샘의 소리

보아라
저 아득한 높이와
깊이에서 솟아나는 샘

홀로 옹달샘 소리 들으며
이 밤의 적정이 외롭지 않다

아무도 알 수 없는
부호 하나, 그 소리
빛나는 길 따라 흐르고 있다

무수한 생명이 태어나는 소리
허공에 가득차
옹달샘 별들이 가득하다

용문

용문으로 가는 길
캄캄한 굴을 지나고
두 강이 합친 물 위를 지나
용이 간 길은 험난하고 장쾌하다

용문산 아래
소나무들도 용이 되어
하늘로 오르는데
바위 타고 흐르는 물은
못 본 듯 지나간다

용문에 꼽힌 주장자 하나
천년 은행목이 되어
오고 가지 않는데
사람들이 용문에 오르며
하루같이 오고 가네

멘델글레시어

시간이 멈출 때까지
쏟아지는 폭포
옆구리 위로
아득히 밀려 내린 빙하가
강을 만나
짜개진 시신이
물 위에 뜨고
아득한 시간 전에
물이었던 기억을
되찾아 가고 있다

알래스카 피요르드

영산의 구름 속엔 신비한 영이 있어
설백의 얼굴을 가린다
드러내 보일 땐 거인의 이마와 코 입이 분명한데
말하려면 다시 구름으로 가린다

구름을 뚫고 나타난 검은 새
하늘의 사자인 양 고공에서 무엇을 보는가
설산의 구름은 시녀인가 대변인인가
이마에 쓰고 치마에 두르고

수면의 긴 장금은 빛으로 맞춘 칼
한 번도 써 보지 못한 수평의 칼
노을이 걷어 간다

우담바라

그것은 말길이 끊어진
절벽 끝에 있었네

그 적멸의 심연에서
형용할 수 없는 진주
당신의 말씀

한 웅큼 받들어
떨리는 손
머리 위로
바라보지 못하고
당신 앞에 엎드려
절하노니
당신은 하늘보다 높고
바다보다 깊구나

내 뿌리가 녹아
당신이 되는 날
그곳에 필 한 송이 꽃

기린

길고 긴 목은
하늘의 별을 따려
나무에 걸린 잎을
뜯어낸다

길어진 다리와 목이
지상의 망루에서
하늘에 이르는 길을
재고 있다

백두의 새해

천지에 새해가 떠오른다

백설이 성성 쌓인 연륜을 녹이며
장엄한 새해가 천지에 떠오른다

보아라 쌓여 온 높이만큼
천지는 깊고 아득하여
그 나이테의 수를 세지 못한다

오직 새로운 하늘과 마주할 뿐
그 깊은 속내를 드러내지 않는다
지나온 긴 시간의 열정과 희원
아직도 깊은 속 불꽃은 타고 있다

천지가 모든 것을 내려놓을 때
천지는 가장 낮은 강이 된다
급하지도 느리지도 않게
근원의 바다에 이를 때까지
새해에도 흐르는 강이 된다

* 실버타임 원단시.

정토의 나무
—교불련 25주년에 부쳐

서풍이 불어 가지가 휜
척박한 이 언덕에
올곧은 기둥으로 서고자
뿌리 내린 교불련 25년의 나무

사바정토를 그리며
지성의 샘을 길어
힘들게 자랐다

종종의 열매를 수확하였으나
풍성한 그늘과 열매로
이 언덕을 덮기에는
아직도 샘물이 모자란다

겨울이면 북풍이 몰아오고
나무의 수액은 봄을 위해
천의 눈을 뜨고자
저 언덕을 오르지만
아직도 이 언덕의 바람은 차다

정토의 나무여
더 굵은 뿌리와 기둥을 세워
바람 세찬 이 언덕을 지켜다오

깨어 있는 가지마다
푸른 눈을 떠서
꽃과 열매가 풍성하게 하소서

그리하여 이 언덕이
바라밀 된 저 언덕이 되게 하고
시방세계 삼천리로 빛나게 하소서
정토의 나무 아래 숨 쉬는 그대여
빛으로 찾아와 빛이 된 님이여

해인 2

꿈에서 깨어 보니
바다에 비친 달
빛 다리를 놓아
요요히 빛나더니
마음의 거울 하나
허공에 박아 놓고
천강이 하나 된
바다에서 사라지다

5집

길이 열리다

길이 열리다

하늘이 열리는 날
길이 열리다
땅의 모든 길이 제 길을 열어 주며
한없는 풍경을 안겨 주다
뒤로 물러나는 시간을 여의고
걷는 만큼 먼 것을 당겨 세우다
아무리 멀어도
그대는 항상 함께 있었다
보이지 않던 미시의 점이
내 눈을 가득 채우는 기적
오늘도 평행의 소실점이
내게 다가와 그 속을 간다

간(間)

짜깍짜깍
시(時)가 가면 간이 생긴다
멈춰 선 초침엔 간이 없다
왔다 갔다
움직이면 간이 생긴다
멈춰 선 공(空)에는 간이 없다
생각이 일어나면 간이 생긴다
생각을 멈추면 간이 없다
마음이 움직이면 간이 생긴다
마음이 멈춘 곳에 간은 없다
간(間)은 거리 그리고 사이
하나에는 간이 없다
둘이 되면서 간이 생겼다
사랑엔 간이 없다

둘레길 학생

길을 가며 배우는 학생
갈 때마다 그곳은 다르다
작년과 올해가 다르니
이 둘레길 끝 간 데 없네
죽어서 학생 부군이
살아서 배우는 환희로
둘레길 걷는 다리는
표창장 많이도 붙겠네

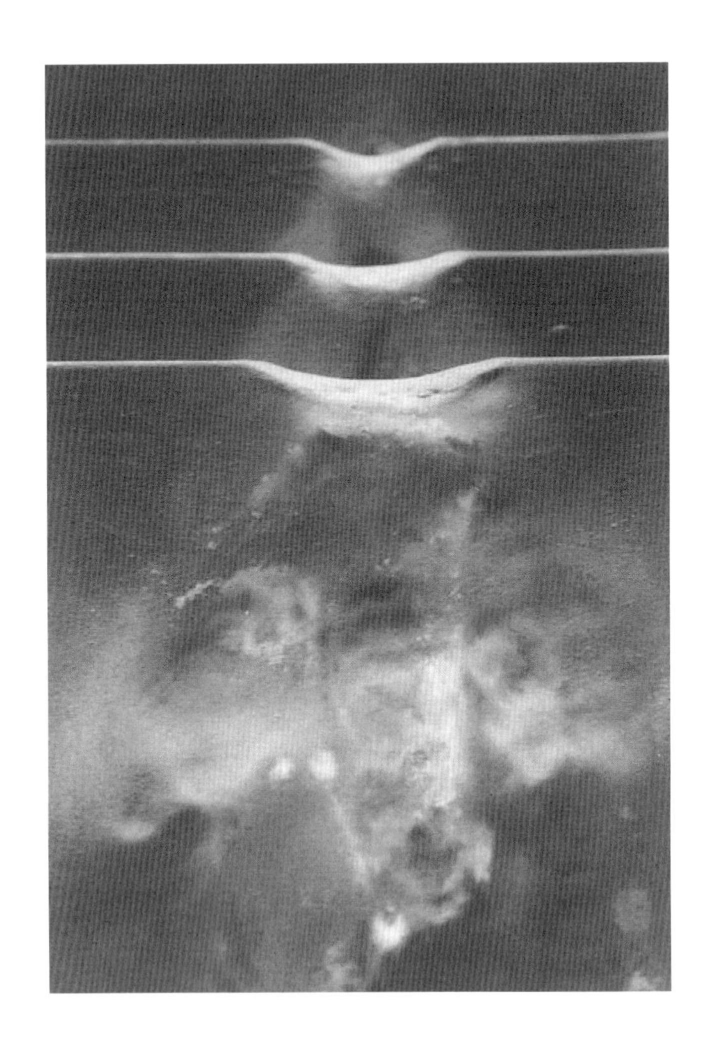

분별

희희낙락 그곳엔 잔치가 벌어졌겠네
여기 삼천사 나한님 좀 보소
사방 여러 층에서 만 가지 표정으로
나더러 분별하지 말라고 하시네

나 원래 분별 많아 이곳에 쉬러 왔더니
분별없는 분별로 사방에서 웃으시네

큰소리로 콧노래 부르며 기지개 켜며
눈썹을 잡아 빼며 한 마디씩 하시네
할할할 나는 사방에 퍼지네
분별없이 내가 그대가 되네

은갈치

요요한 달이 바다를
은빛으로 물들일 때
황홀한 그는 빛 속으로
몸을 던졌다

집으로 돌아온 후
몸이
은빛으로 반짝임을
깨달은 것은
몇 생을 지나서일까

쟁기질

하늘과 땅을 가르고
한 획으로 좍 그었다
하늘에는 하늘의 허공이
땅에는 땅의 만물이
서로 쳐다보았다
하나도 다르지 않으면서
하나도 같지 않은
서로의 몸을 움츠렸다
부끄러울 것 없는 흙속에
무엇이 저리도 많이 묻혔나
하늘은 캐지 않는다
흙으로 돌아간 자 만이
쟁기질할 뿐이다

태풍 전망대

벽을 뚫고 임진강이 남쪽으로 왔다
새들은 뚫을 벽도 없지만
산하는 철조망에 삼엄하다
적요 속에 잠긴 산하는
한때의 태풍을 기억하는가
태풍의 소리 잠재운 언덕에
아련한 계곡의 바람이 깃발을 펄럭인다
순간 소리도 멎고 시간도 멎은
풍경 엽서 한 장이 발아래 떨어진다
누구에게도 보낼 수 없는 서글픈 엽서

모딜리아니의 눈동자

눈동자 없는 사람들
영혼이 없는 사람들
그 영혼을 알 때에만
눈동자를 그리겠다고

그 이후 그림 속에 나타난 눈동자는
영혼이 그려진 것일까
파란만장 짧은 생애에
몇 사람의 영혼을 알고 갔을까

그의 초상 그의 주랑조각
기둥으로 그의 영혼을 받치고 있을까

가우디에 부쳐

천생의 공간 감각
대장장이 아들 가우디
공간은 그의 머릿속에 우주로 확장되고
지상의 모든 자연은 형상을 부여했다
구불구불 물결치는 건물은
그의 자연이 살아나는 몽상의 실체
'직선은 인간의 선 곡선은 신의 선'이라

정련의 시간을 거쳐
그에게 지워진 파밀리아 성당
세계의 가족이 그 속에 있고
신의 가호가 그 손에 있다
인간의 머리와 손으로
형용할 수 있는 모든 것
풀어내는 판도라의 상자같이
그는 많은 자연의 기호를 남기고 갔다
백년이 지나도 다 풀 수 없는 기호를

키아전에 부쳐

아방가르드를 넘어서
열정의 환상과 삐에로의 북이 울린다
신화의 백조는 퍼덕이며 그에게 다가가고
푸르고 붉은 바람이 펄럭이며 그를 가린다
그녀가 내려치는 매운 손에
빨갛게 익은 복숭아 엉덩이
어쩔 줄 모르는 절규가 모자이크 되어 쪼개진다
무지갯빛 향유고래는 춤추는 바다에서 뛰어놀고
두 얼굴이 하나 되어 붉은 키스는 연작으로 녹아 있다
거인의 방에 태어난 삼면의 아이가
과거와 현재와 미래를 주시한다
그 누가 이 영혼에 마침표를 찍겠는가
언덕을 뛰어넘어 저만치 달려가는데

인생의 둘레길

고락상반의 지난 길
먼 터널을 지나
아픈 상처는 솔바람이
치유해 준다
한 걸음 한 걸음 굽이를 돌고
고개 언덕을 넘어
환한 빛 쏟아지는
등성이에 서면
툭 터진 풍경에
오장이 시원하다
인생의 둘레길 여기 다 있어

수락과 불암

물이 떨어지는 수락(水洛)은
그 낙수를 위해 불암(佛岩)보다
조금 더 높이 솟았다

암벽을 돌기까지
수락의 위력을 알지 못했다
아득한 소나무 뿌리에서
바위를 뚫고 여기까지 내려온 물
보이지 않는 길을 알 수 없지만
방울방울 그 물은 감로수로다

내 다시 이 길을 떠날 때
세상 어디에다 수락하고 가리
불암이 멀리서 지켜보고 있다

생의 준칙

한 사람의 정신사에서
준칙은 레일과 같아라
그 레일의 DNA는 출발역이 있지만
몇 역을 지났다 해도 목적지는 변하지 않는다
기차에 앉은 사람은 자유롭지만
기차가 통과하는 어느 역에서 내려야 한다

준칙은 굴레가 아니지만
벗어날 수 없는 자석의 힘이 있다
나라와 가문의 정신은 자석의 준칙을 지킨다
시대의 역이 그를 기다리고 있지만
기차는 달릴 길을 간다
일탈하는 자유
초월의 길은 그다음에 있다

그대와 나

내 숨이 멎었을 때
나를 본 사람은
숨 쉬고 있는 내가
따로 없다는 걸 안다

숨 쉬지 않고 있는 내가
있는 줄을 안 이는
다시 이 몸과 이름이
내가 아니라는 걸 안다

나는 누구인가 묻지 마라
그대 아득한 시간 전의
그대를 본다면
그대가 곧 나인 줄 알리

보이지 않는 탑

천불 천탑이야 파간에 가면 보이지
넓은 평원 안개 사이로
한없이 펼쳐진 발원의 탑
한생에 한 탑을 세우면
그 생은 족하다는 그들의 탑

우리는 천 년 전
못에 비치지 않는 탑이 있었네
영지의 무영탑
무량의 세월에 흐르는 탑은
보이지 않는다네

마음속 깊이 쌓아 올린
보이지 않는 탑
오늘도 그 탑은 비치지 않는
허공에 쌓이네

DMZ

이 선이 생긴 통분의 세월 동안
하늘과 땅은 통해 있는데
이 별에서 오직 반세기 넘어
왕래하지 못하는 곳
짐승들은 다니는데
사람들은 왜 다니지 못하나

50년 전 내 소대장 막사는 사라지고
철원평야 아득한 궁예의 태봉도 사라지고
멀리 보이던 아이스크림 고지는
땅굴 관망의 아스팔트 뒤로 물러났다

눈이 오고 달이 뜰 때
내 그림자가 두렵던 순찰 길도 아련한데
미지상 지뢰를 걷고 지구별 준엄한 표상의 공원 되어
아, 언제인가 평화의 낙원 되어
그 옛날을 회상하려나

줄타기

긴박한 시간만으로
발걸음이 끝날 수 없다
줄 위에서 때론 뛰어오르고
헝클어져도 바로 서는 묘기

떨어지지 않는 그는
줄 위에서 춤을 추지만
보이지 않는 곳에서
몇 번인가 떨어졌든가

무수한 연마로 이루어진 달인
이제 그는 줄이 사라지고
공중에 춤추는 학이로다

블라디미르 쿠쉬의 바늘

현실이 기죽는 초현실
그의 그림엔 바늘구멍으로
통과하는 낙타의 행렬이 길다

어느 선사가 어린 동자를 가두고
소가 바늘구멍으로 들어오거든 일러라
했는데 어느 날 아이가
스님 구멍으로 들어온 소뿔을 잡았습니다
한 화두의 소식이 떠오른다

쿠쉬는 이 화두를 관통해
바늘구멍이 세상의 구멍이 되고
세간과 출세간이 넘나듦을 보았을까

9

숫자의 끝은 9
그 이상 가면 시작의 1이다
1은 다시 시작하지만
9에서 끝나고
한 걸음 허공을 뛰어넘은 끝이
0을 넘어선 1이다

하늘 꽃

하늘에 커다란 꽃이 피었네
구름 같기도 하고
그대 같기도 한
하얀 영혼의 꽃
푸른 하늘을 배경으로
내 모든 지난 꿈을 수놓은 꽃
다시 상자에 넣을 수 없고
액자에 걸 수도 없는 꽃
저 창공에 걸려
어쩌자는 것인가
내려놓을 수 없는 시간 위에
그대는 왜 피어나는가

나무가 집이 되다

새는 나무에 집을 짓고
나무가 집이었는데
어느새 사람은 나무를 베어다가
나무 집을 지었다
큰 나무는 큰 기둥이 되고
가장 좋은 나무는 대들보가 되었다
나무는 집이 되기 위해 자란 것이 아니다
사람이여
내 속에 집을 지은 새가 운다
나를 자연으로 집이 되게 하여 다고
숲속에서 나는 원래 집이었는데
왜 사람들은 나를 잘라 집을 만드나
천년의 기둥이여 대들보여
죽어 집이 된 나의 동지여

소실점

죽지 않는 소실점
평행의 소실점
실제는 만나지 않는데
항상 끝에서 만나고야 만다

큰 바위 얼굴 3

형상을 넘은 큰 바위 얼굴
세간의 이름난 그 누구도 아니어라
어느 누구도 닮을 수 없는 얼굴
신비의 마음속에 숨어 있어라
황혼의 어느 날 거울 속에서
나를 보고 웃는 듯 우는 듯
구름은 성성 세월은 겹겹
먼 듯 가까운 듯 너는 있구나

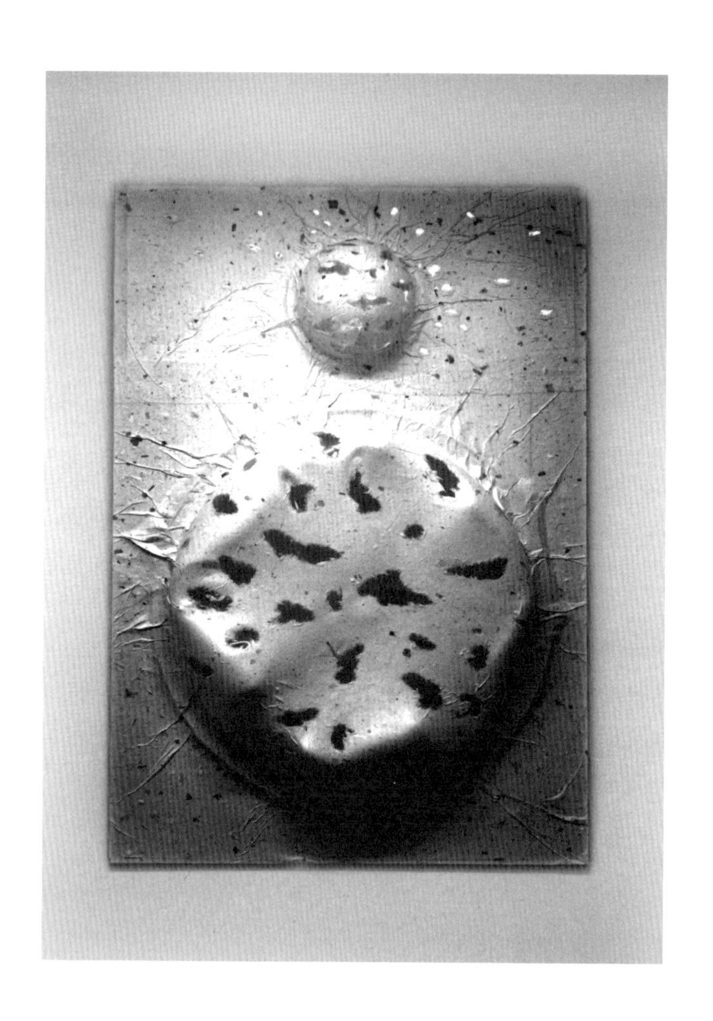

그리하여 새롭다

그리하여 세상은 한 번씩 새롭다
암울한 구름 걷히고 새 하늘이 새롭고
맑은 하늘 조개구름 동서로 새롭다

봄에 본 새 싹 잎이 단풍 드니 새롭고
잎 없는 가지마다 눈꽃이 새롭다
방울방울 떨어지는 낙수마다 새롭고
옹달샘 고이는 물맛이 새롭다

그리하여 내 속에 피는 꽃도 새롭고
그대 향기 맑은 바람 가락마다 새롭다
튕기는 현의 소리 팔방으로 가득하니
들리는 듯 마는 듯 하늘 소리 새롭다

그리하여 순간순간 모든 것이 새롭다
보고 듣는 모든 것이 무한으로 새롭다

재생

그것이 닿으면 살아난다
풀과 개미가 살아나고
내 육십조 세포도 살아난다
은하의 별들이 살아나고
허공의 바람도 살아난다

그것이 닿으면 꽃이 핀다
겨울에도 눈 속에서 꽃이 핀다
그것은 항상 내 옆에 있건만
가면 생각나고 살아나면 잊는다

육화(Incarnation)

영이 육화(肉化)할 때 무슨 일이 있었나
육안이 볼 수 없는 것을 영안이 보다니
투명의 공기는 보이지 않으나
투명의 물은 보인다
물속의 몸이 보이는 신비
만져지는 세계로 그가 왔다
투명의 그가 실재하다니
실재의 신비 속에
그는 있구나

가시

조그만 가시 손끝에 찔려
온몸이 아프다
나무에 못 하나 박히면
키 큰 나무가 이리 아플까
햇빛 밝은데 비춰 보지 않으면
보이지도 않는 가시
손톱으로는 뽑아지지 않는다
수술기구 핀셋트로 겨냥해도 어렵다
잊어버릴 만하면 어디서 스쳐 일어나
스물스물 내게 맞서는 너는
보이지 않는 누구의 그림자냐

감

깊 푸른 가을 하늘 속에
투명의 홍시로 익은 감

나무에서 익어 떨어진 감은
땅에 터져 흙 반죽되어
먹지 못한다
그 씨가 돋아나도
고얌나무밖에 되지 못한다
감 씨가 감이 되지 못하는 비극
미완의 유전 속에 숨은 비극

까치밥으로 남은 초겨울의 감
아침 나라의 인심 좋은 선물

멋

멋을 아는 사람 누구인가
멋은 꾸밀 수 없고
멋은 만들 수 없다
멋은 발견하는 사람의 눈에 있지만
멋은 보이는 너머에 있다
멋은 알 수 없는 색이며 향기다
멋은 공감의 사다리 위에 있고
향유할 수 없는 높이에 있다
멋의 내면은 보이지 않고
멋의 모양은 가이없다
멋으로 치장할 수 없는
멋은 그대 마음의 향불

기전

바둑판에 전운이 감돈다
워털루 전쟁이 일어날 것인가
남북 전쟁이 일어날 것인가
시작 전엔 아무도 알지 못한다
밀사는 머릿속에 있음으로
어디에 배치할지 손끝이 알지 못한다
큰 거점 위에 구축되는 진지
척후병이 파견된다
이어 낙하산 부대
구출할 수 없는 아군은 희생된다
더 큰 대의를 위해
넓은 광야로 새로운 파병을 위해
대전과 소규모 전투는 치열하다
마지막 죽은 자를 적군의 땅에 묻고
최후의 승자가 차지하는 깃발
마음의 어느 골짜기에 숨어
환호하며 펄럭인다

조우

천개(天蓋)도 열리지 않는
깜깜한 방 속에
웬 별들이 이렇게 쏟아지는가

수많은 눈들이
밤하늘에서
나를 지켜보고 있었구나

어두울수록 빛나는 당신의 눈은
내 가슴의 어디를
투시하는가

어둠 속에 사라진 나는
감출 곳 없는 투명의 옷으로
당신을 만난다
환히 보이는 세계

광휘의 꽃

한 빛살이 어둠에 꽂혀
눈부신 광휘의 꽃이 된다
아직도 새벽은 멀고
동녘의 새들은 잠자고 있다

홀로 깨어나 앉아
새벽을 기다리는 창은
허공에 핀 광휘의 꽃을
유리에 새긴다
별보다 밝고
지상의 어떤 빛보다 밝은 꽃

그곳에서 울려오는
들리지 않는 소리
심연에서 현을 켜는
또 하나의 나

레이니 설산

명경호수에 비친 레이니 설산
면사포 하얀 눈이 눈부셔
닿을 수 없는 그대의 위엄이
곱게도 찍힌 푸른 거울엔
하늘을 닮은 물과 산의 정령이
내려와 산다
정갈한 영산의 대화
물속의 나무와 구름은 알고 있다
내 동공에 찍힌 또 하나의 거울
시간 속에 지워지지 않을 하얀 영상

정화수의 달

백자의 바다에
달이 뜨다

빛의 다리가 너무 깊어
둥근 절벽에서
건져 올리지 못하고
천리 밖에서 손짓만 하네

조용히 감은 눈에
달이 뜨다
천하가 빛에 잠겨
빛의 몸이 되었네

우이령

말귀 닮아 마이산 되었으니
소귀 닮은 우이산도 있을 법한데
산은 어디 가고 영과 마을만 있네
소귀 닮은 우이동 사는 이는
소귀에 경 읽는 소리 종종 들었겠다
기품 당당 우이령 고개 오봉은
인도의 성우(聖牛)가 사람 내려다보듯
지나는 길손을 내려다보고 있다
콧구멍 없는 소가
우이령 고개에서 눈 뜰만 한데
소귀에 경 읽듯 나그네는 알 수 없네

노을의 강

세미원 맑은 연봉 눈에 심고
빛나는 강 따라 돌아오는 길
장엄한 황금의 노을이 녹아내리며
나는 그 강을 헤엄치고 있었네
하늘 위 빛으로 흐르는 강이
내 속에 녹아 하나가 되었네
말과 마음 다 녹여 내어도
이르지 못할 눈부신 한마디
시작도 끝도 없는 완성의 옴이
찰나 속에 빛나고 있었네
형용할 길 없는 깊이로
몇 겁을 그대 속에 흘러왔던 강
노을 속에 그 강이 녹아 있다니

모나드(monad)

마음의 단자(單子)
한 웅큼 뭉쳐 던진다
빛으로 흩어져 이르지 못한다
그대에게 이르지 못한 단자가 운다
빨 주 노 초 파 남 보
음보가 되어 바람에 휘날리며
무지개로 다리를 놓았다가 사라진다
물방울 속에 구름 속에
마음의 단자는 떠나간다
시나브로 시나브로
그대 속에 이르지 못하고
허공에 피었다가 사라진다

독도

동해의 끝
외롭게 지키는 네 뼈가 시리다
겁파의 파랑이 시간 위로 튕겨 올라
갈매기 떼 회전하는 세월의 끝에서
야릇한 마파람을 타고 있다
백의의 옷에 얼룩진 생때를 씻어 내느라
검푸른 파도가 바위를 때린다
나는 원래 동해의 끝을 지키는 수문장
언감생심 더는 군말이 없게 하라

면산 개자추

하나로 향한 마음 왕자를 구해
진왕이 되게 한 후 숨어 버린 개자추
18년 노고가 무아의 꿈이었네
노모를 모신 마지막 생까지
할 바만 다하고 돌려받지 않은 공덕
지나(支那)가 되었네 차이나가 되었네
무아의 그 정신이 진정한 힘이네

무이 구곡(九曲)

무이 산 아홉 굽이
굽이마다 빠른 물살
뗏목 위의 나그네는
강 따라 흘러갈 뿐
구곡의 아홉 얼굴
잡아 두지 못하네
굽이마다 다른 얼굴
흘러가는 내 얼굴

6집

영혼의 도장

삼매(三昧)

고요한 적정 속
한가운데 솟아오르는
환희의 나무
세상 그 어느 것과도
비교할 수 없는 너는
투명의 잎으로
팔랑이며
나의 모든 세계를
떨게 만든다

정시(定時)

보아라 정시가 왔다
분침과 초침이 정시에 닿는 순간
세상은 멈추고 간(間)은 없다
움쩍 않고 산은 버티고 섰고
끝없이 때리던 파도도 죽었다
바위는 말이 없고
당신의 귀는
들은 바 없구나

인왕산(仁王山)

하늘과 맞닿은 능선의 바위와 소나무가
성곽 따라 경복궁을 내려다보며 지키고 있다
깊은 계곡에는 호랑이 한 마리 살았을까
알지 못할 기운이 감도는 곳에
옛 선인의 장풍이 인다
바르지 못한 심성을 주먹 들어 펴는
성벽에는 인왕(仁王)의 부릅뜬 눈이 숨겨져 있다
우리 임금님 행여 잘못된 길을 가실까 봐
지난 꿈이 아닌 정오에 따가운 햇살을
광화문(光化門)에 쏟아붓고 있다

소리를 보다
—휴휴암에서

관세음께서는 세상의 소리
비추어 보고 계신다
고통의 소리
분노의 소리
기쁨의 소리
신음하는 소리
미치광이의 소리
울부짖는 소리
물 흐르는 소리
바람 부는 소리
철썩이며 포말로 부서지는
세상의 파도 소리

비추어 보는 소리
듣지 못하는 내 귀는
고장난 눈을 수리하고 있다
이 밤에 깨어 보지 못하는
내 눈을 수리하고 있다
아름다운 소리
가을 하늘 높이 울리고 있건만

북극성

중심에 서 있는 별
일곱 형제와 일곱 아들이
떠나지 않고 돈다
허망한 바다에서
오직 믿을 수 있는
하나의 당신
돌고 도는 항해를 멈추고
당신을 바라보는 눈은
잊어버린 항구를 그린다
떠나온 항구를
당신만이 알고 있다

암중모색

칠흑 같은 캄캄한 밤에
한 줄기 빛이 있으면
그것은 곧 구원이니
이 동굴은 빛으로 살아나리라
빛으로 된 눈이 있어
이 칠흑의 밤은 두렵지 않다
만져지고 만져지지 않는 세계
눈으로 볼 수 없는 세계가 있어
이 동굴은 나갈 수 있다
생명의 불을 켜고
어둠의 자식들을 비껴
한사코 빛의 문에 닿을 수 있다

난파선

망망대해에 조각난 난파선
파도와 바람은 거세고
멀리 불 하나 보이지 않네
캄캄한 이 밤을 지새고 나면
구원의 등불 나타날까
새들은 어디로 가고
누구 하나 옆에 없구나
꿇어앉아 두 손 모으고
하늘에 절할 수밖에
하늘에 한 점 부끄럼 없다면
그대는 해안에 도착하리
혼절한 그대 영혼 죽었다 살아나면
세정된 두 손을 잡아 주리
삶 속에 죽음이 있고
죽음 속에 삶이 있나니

적광(寂光)

고요한 빛은 석양을 깔고
새벽이 오는 어둠 속에 번진다

모든 소리가 다 잠든 한밤중에
고요한 빛만 깨어 눈뜨고 있다

살아 있는 모든 생명과 함께
숨 쉬는 고요한 빛은
돌아갈 아득한 고향을 비춘다

나이테

시간은 둥글게 돌아간다
한 바퀴 돌아 제자리에 오면
또 봄이 온 것이고
나무는 둥근 한 줄을 그을 뿐이다
시간이 간다고 하지 마라
시간은 제자리로 돌아오는 것이다
다만 둥근 선 하나가 생겼을 뿐
사람은 둥근 선을 그을 줄 모른다
겨우 직선 위에서
새알 하나를 먹을 줄 알 뿐

빈 의자

빈 의자 위를 비추는 보름달
살아 있는 모든 이들이
한번쯤 앉아 보는 빈 의자
거기 누가 앉아 있을 때는
앉을 수 없네
앉은 사람이 임자는 아니지만
잠깐은 그 사람이 임자네
그가 떠나고 나면 누가 앉아도
그 자리 임자
모든 사람이 임자이고
그 누구의 자리도 아닌 빈 의자
공허한 그 자리에
달빛이 쏟아지네

향적봉에서

육신의 껍데기가 죽고
정신의 향불로 살아나면
사방으로 달리는 산맥들이
꿈 깨어 눈뜨고 바라보리

한번 옷을 갈아입는 것이
한생인데
눈 덮인 산은
몇 생을 살까

리우 올림픽

리우의 예수상이
올림픽 개막의 쏟아지는
축포를 내려다보고 있다
유리 거울에 비쳐 돌아가는
성화가 타오르는 밤하늘
수억의 눈을 비춘다
가이아 지구별에 오늘 추는
삼바 춤은 아픈 인고 끝에
여기 모인 인종들을 위로한다
다섯 대륙의 동그라미
서로 얽혀 멋진 기록 쏟아내라
갸륵한 인간의 경기여

삼바

세상을 흔들어 돌게 하는 춤
사시나무 떨 듯 쉬지 않는다
북 치는 손이나 발이나
뼈를 녹인 허리나
지진에 진동하듯 선반 위
미끄러지는 음율 따라
깃털 달린 공작이 된다
휘황찬란한 바람이
한바탕 불고 간 후
연착륙한 깃털 하나
멀리도 찾아왔네

구문소에서

물은 쉬지 않고 달리기를 원한다
스스로 내었거나 전설의 용이 뚫었거나
해방의 물은 암벽의 푸른 구멍으로
문을 열었다

어두운 밤 자개루(子開樓)가
탈출하는 물을 내려다본다

어느 시원(始原)이든 그곳엔
위대한 전설이 열리는 법
낙동강은 이렇게 구문소에서 시작한다

이 젖줄에 열린 영남의 뭇 생명
빛을 발한 나라의 동량들이여
푸른 문을 다시 열어 빛의 강이 되소서

영혼의 도장
—영인(靈印)

여기 보이지 않는 한 도장을
영인이라 이름한다
영혼의 도장은 생명의 인감이다
영혼은 시간 위에 날인을 하지만
그 인감은 보이지 않는다
누구도 도용할 수 없는 인감은
지상의 흐름이 순조로울 때
쓰일 일이 없다

금강석은 물체 아닌 물체다
다 타 버린 물체가 아니라
숯처럼 다시 타 버릴 물체가
고압의 밀도를 투명한 시간 위에
남긴 것이다
영혼의 인감은 금강석이다
투명한 영혼이 이를 수 있는
마지막 정수다

괴멸(壞滅)할 몸은 실제가 아니다
실제인 영혼을 육안은 보지 못한다
영혼의 도장은 영안(靈眼)만이 볼 수 있다

영인을 보러 온 수많은 영혼들이
하나의 인감을 본다
자신의 시작과 끝이 함께 찍힌 인감을
이 인감은 세상이 필요로 할 때
그의 전 생애가 된다

자코메티에 부쳐

육체의 껍질을 투시해
영혼을 보려는
알베르토 자코메티의 시선
그 시선 속에는
삶과 죽음이 동시에
걸어가고 있다
골화(骨化)된 본질 속에
거칠게 약동하는 생명력
그의 조각 긴 그림자가
허무를 넘어
저 언덕에 한없이 다가가고 있다

영혼의 집

1

나 침상에서 잠들 때 영혼은 따로
영혼이 노니는 집으로 간다
푸른 담장이 쳐진 집 속엔 영혼이
생활하는 모든 가구가 따로 있다
그곳엔 세상을 떠난 세상 사람들이
수시로 드나든다
내가 꿈꾸면 영혼은 활동한다
장면은 수시로 바뀌어
무대는 서로 연결이 안 된다
내가 집으로 돌아올 때 영혼은 숨고 없다
영혼의 집은 찾을 수 없다

2

영혼은 잠자지 않는다
꿈은 육체가 꾸는 것
영혼은 꿈꾸지 않는다
자지도 죽지도 않는 영혼은
홀로 여행하고 있다
누구의 안내도 없이 홀로 여행하고 있다

3

내 몸은
영혼의 여행 중에 빌린 여관
어디로 가는지도 모를 영혼은
이미 여정이 짜여 있다
무슨 모습으로 하루를 묵어갈지
무슨 일을 하려 그곳에 가는지를
그러나 자정의 나는 가끔
그곳의 나를 만난다
수직의 빛이 나를 비출 때

4

가장 멀고도 가까운 영혼의 집은
언제 어떻게 찾아갈지 모른다
그러나 쉬어야 할 때가 오면
모든 것 다 벗어 두고
그곳으로 가리라
빛살로 왔다가 빛살로 가는 그곳
무엇을 이리도 많이 걸치고 있었나
빛살로 만난 사람 빛살로 만난 생명
모두 함께 빛살로 떠나가리라

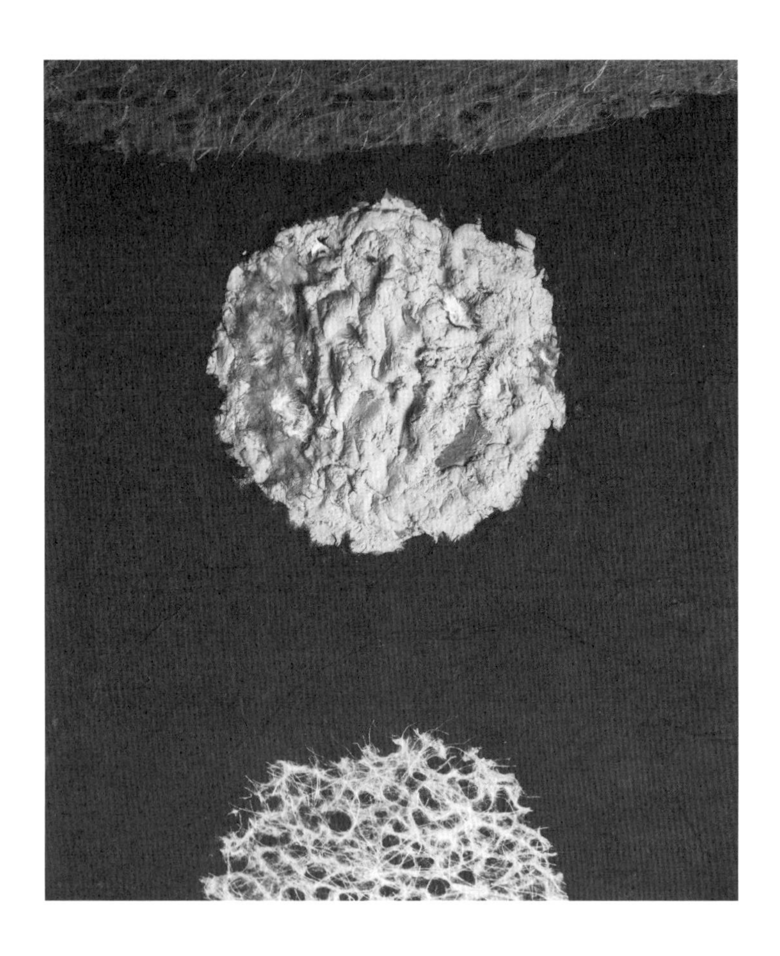

무술년 세계사에서

해마다 길은 새로 닦여
세계사 가는 길이 환하다
월악산 먼 기운이 아득히 굽어보는 산하
등성이를 행군해 가는 나무들이
하늘을 배경으로 끝없이 가고 있다
잔설이 남은 세계사
미륵부처님은 중수의 큰 집 속에서
사진으로만 나와 계시다
언제나 빛 밝은 시선으로
미래를 바라보시는 혜안
천년 신라가 마의태자와 함께 가고
새 세계가 오기 전 북녘 하늘은
아직도 어두운데
오호라 이 지구별 유별난 반쪽 나라
무술년 황금의 개가 어디서 짖느냐

내장산

안으로 숨겨진 골에
불타는 단풍이 빛을 뿜으면
그 아래 흐르는 물이
그 빛을 받아 마신다

내장된 비밀은 없어도
신비한 준령의 기운이
드나드는 뭇 생명 감싸 안아
내장산 깊은 골은 잠들지 않는다

사인암(舍人岩)

단양 팔경 중 위풍당당 사인암
주벽 옆에 거느린 부벽도
물에 비친 영상도 그만
풍상에 낀 이끼가 본색(本色)보다 곱다
뒤로 숨은 양 벽 사이 작은 암자
사인암 뒤에서 하늘의 기운을 전한다
바위벽 속에서 큰 소리 들린다
고개를 끄덕이며 가는 나그네

태종대에서

태종대에 동백 꽃잎이 떨어지네
절벽 아래 바닷물은 아직 푸른데
주전자 섬 쥐치들은
낚시꾼의 갈고리에 코를 꿰어 오르네
심해의 한 마리 고기만이
떨어지는 꽃잎을 멀리서 보네

백악기의 붉은 단층 위엔
활 쏘던 흔적이 없다
붉은 단층 위에 태종이 쏜 활은
어느 시대 과녁을 뚫고
허공으로 날아갔나

영혼의 힘

니코스 카잔차키스는
프란체스코를 통해 말한다

영혼은 바다보다 강하고
죽음보다 강하다
영혼은 인간의 육신에서 뛰어나와
허물어져 가는 세상도
지탱할 수 있는 힘이 있다

깨끗하고 정갈한 밝은이의 큰 영혼은
온 행성을 감싸 안고 남는다

사리탑에서

오솔길 따라 올라 사리탑 앞에 섰네
아직도 초봄의 공기는 찬데
적광의 온도는 따스하네
세간의 광풍이 겨울과 함께 가고
남산 동쪽나라(東國) 큰문이 발아래 있는
이곳은 적멸이네
아무도 찾는 이 없건만
자취 없는 솔바람이 돌고 가네
흐르는 강은 쉼 없이 바다에 이르지만
선생께서 지키고 있는 이곳은
이미 바다를 이루셨네

석이(石耳)버섯

깊은 산 바위 귀가 된 버섯
세상의 소리 멀리하고
무슨 소리 듣는가

눈 감으면 보이듯이
귀를 닫고 듣는 바위

세상에서 듣지 못한
소리 아닌 소리
듣노라고
귀가 새카맣게 탔네

슈만에게

크라라를 사랑한 슈만의 영혼은
상승(上乘)의 음률(音律)로 날은다
지상의 사랑은 저음에 녹아
첼로의 둔중한 소리에 가라앉았다가
서서히 바이올린의 고음을 타고 천공을 날은다
사랑한 이의 영혼과 하나가 되어
하늘에서 도장을 찍는다
크라라 슈만은 하나의 이름으로 각인되었다

신동 브람스가 뒤따라오며
하늘을 바라보았으나 불행한 사랑은
각인되지 못하였다

소꿉놀이

아이들이 소꿉놀이를 한다
너는 임금하고 너는 공주하고
너는 대감하고 너는 포도대장해라
하나씩 붙인 이름 따라 연출이 근사하다

중생놀음 놀이하는 재미가 그렇게도 좋으냐

다 가고 난 빈 마당에 지켜보던 개가 졸고 있다
인간들은 저렇게 노는 것을 참 좋아하나 보다

손 장갑

원래 동물의 앞발이었던 손은
땅을 떠나 하늘이 되었다
발은 버선과 양말로 통 집이 되었으나
손은 한 가락 한 가락 소중히 집을 지어
들어가게 모셨다
땅은 뭉툭하고 하늘은 허허한 듯 미세해서
손가락마다 인류 문명이 꽃핀 공덕비를
세워도 모자란다
엄지는 최고의 1등이며
둘째와 셋째는 승리의 공로자다
에미와 새끼는 함께 건반을 치지만
그 위계는 엄연히 다르다
가죽이 가죽장갑을 끼고 우쭐대지만
어머니가 떠 주신 털장갑이 정겹다
고마우신 손이여
정다운 손의 옛집이여

무릉계곡에서

두타산 무릉계곡 반석에는
지금도 시 한 수
써 올리는
신선이 내려와
세간의 묵필을 휘두르고 있고

학소대 학은
반석 위에서
내려오는 물소리 맞춰
춤추다 들켜 벌서고 있네

발

네 무거운 몸 일으켜 두 발로 지탱하고
얼마나 많이 걷고 뛰었는가
온몸의 지도가 발 속에 있어
너를 만지는 만큼 오장육부가 웃는다
얼굴이 발 속에 들어가고 네 세계가
발 속에 깨어난다
기둥이 된 대들보를 두 발로 받치고
목은 하늘을 향하여 깃발을 세웠다
호모사피엔스 영장의 깃발이여
눈을 들어 하늘을 향할 때
네 앞발은 지상을 떠났다
그러나 다시 돌아와야 하는 운명으로
남은 둘 너는 항상 지상에 반착하고 있구나

삼화사에서

삼화사 적광전 고요한 빛은
두타산에서 무릉계곡 흐르는
물 위로 내려와
빛나는 구름 사이 헤집고
영험한 바위에 본성을 새긴다

서방정토에서 동방
유리광세계까지
두타산 적광은 아득하여
머리로 헤아릴 수 없다

노르웨이 피요르드

푸른빛 빙하의 눈물이
억만년 속 타는 마음속 구멍으로
아무도 모르게 흘러내린다
누가 있어 이 협만에 섞인
빙하의 눈물을 눈치채랴
설산의 빙벽 사이로 폭포는
아랑곳하지 않고 쏟아져 내린다
피요르드는 그 깊은 속내를
말하지 않는다
억만년 눈물이 가라앉은
바닥에는 어떤 심해어가 알고 있을까

연평해전에 부쳐

검은 구름 붉은 깃발이
삼엄한 바다를 피로 물들인 날
산화한 우리의 용사가
새로 태어났다

윤영하함과
그 아버지 윤두호 명예함장

대한의 아들은 죽지 않는다
연평의 바다가 출렁이는 한

십이지

사람들은 짓궂다
동물들은 스스로를 알지도 못하는데
열두 신을 만들어
해마다 그를 그해의 띠라 한다
쥐 소 범 토끼 용 뱀 말 양 원숭이 닭 개 돼지
사람의 성품 속에
열두 가지 닮은 점 있어
좋은 점 나쁜 점 당신 속에 숨어 있네
미련하고 민첩함
교활하고 양순함
용맹하고 옹졸함이 당신 속에 숨어 있어
좋은 점 신명나게 그해를 꽃피우네
성품이 신이 되고
열두 얼굴의 신이 띠가 되어
신나는 동방의 세월 출렁이며 흘러가네

알함브라의 분수

소리를 연주하는 알함브라의 분수
먼 창문에서 불어오는 바람 실어
살그랑 살그랑 미묘한 소리가 난다

왕들의 귀를 간질이며
먼 산에서부터 예까지 흘러온
세월과 시간의 소리를 연주한다

누가 있어 이 성채 속의 비원에
분수의 연주를 노래하랴
가 버린 시간 속에
새롭게 솟아나는 물의 노래를

발칸에서

1

유럽과 아시아가 만나는 지점에서
몇 층의 지층이 역사에 묻혔다
콘스탄티노플, 비잔티움, 이스탄불
형제의 나라 돌궐이 한때의 영광을 펼친 곳
투르카이를 지나 발칸반도를 간다
끝없는 유채꽃 지평의 불가리아
알렉산더의 꿈이 남은 마케도니아
지중해 아드리안 해안에서 꿈꾸는 몬테니그로
검은 바다 흑해에서 떠나온
검은 산 몬테니그로는
일몰의 수평선을 껴안는다
발칸에 부는 바람이 봄을 맞이한다

2

땅 가운데 생긴 바다
검은 바다 흑해는 푸른 호수에 살던
미생물의 죽음으로 그 모래마저 검다
조개껍질 작은 알갱이가 낱낱이 일러 준다
황금색 노을 속에 성곽의 깃발은 펄럭이지만

푸른 꿈의 시간은 비껴 갔다
수평선은 빼앗고 돌려줄 수 없는 것
달마시안 긴 섬들이 해협을 따라
아른한 점박이 꿈을 꾼다
설산이 보이는 산맥을 넘으면서 때아닌
설국이 되어 키 큰 전나무들이 흰 눈을
뒤집어쓰고 어디로 보낼 카드를 끝없이
만들고 있다
겨울 왕국의 성에는 꿈처럼 사라질
한때의 영광을 겹겹이 껴입은 갑옷과 총포가
빈방을 지킨다 서가에 두꺼운 현자의 책이
성군의 무상을 일러 주고 있다

3
다시 불가리아 유채꽃 융단으로 돌아왔다
봄 겨울 봄이 한 발칸 속에 쳇바퀴 돌다니
꿈 아닌 꿈을 꾸었다
황금색 햇빛에 눈부신 새 발칸의 꿈이여

호접몽

허허한 세상에 나비가 된 꿈
누가 무어라 하랴
훌훌 벗어 버리고 자유로이 비상하는 혼
그대가 정말 장자냐
내가 나비라면
이 꿈은 한번쯤 꾸겠거니와
나비가 나라면
또 한세상 어이 다 보낼거나
눈꽃 내리는 봄날에
호랑나비 한 마리
내 방에 왔네

툰드라

자작나무의 마른 신경이
건조한 고지의 하늘을 할퀴는데
한 점도 허용하지 않는 백지로 지워진
등성이엔 설백의 바람만 분다
태초에서 더해진 것도 더 지울 것도 없는
이곳은 누구의 마음인가
어느 등성이에 작은 하늘 뚫려
빙하처럼 푸른빛으로 물들게 한다
설백의 등성이에 한 채의 집
눈 녹은 길도 없고 발자국도 없는데
어디로 통하는 길이 그곳으로 이르나

엔리케 왕자에 부쳐

유럽의 서쪽 끝 포르투갈의 절벽에서
그의 꿈은 태어났다
더 갈 데 없는 대서양의 수평 넘어
검푸른 구름이 막아섰는데
그 낭떠러지를 뛰어넘을 꿈을 꾸었다
부왕이 일러 준 뜻을 새겨
새로운 길을 열 뜻이 굳었다
그 꿈과 뜻이 단단한 송곳이 되어
대서양에 가로선 벽을 뚫었다
지구가 둥근 진리를 믿어
그는 연옥의 절벽으로 떨어지지 않았다
바다가 길을 내어 줄 때
그는 신념으로 몽상을 넘었다

영인(靈印)

먼동

동산의 그 언덕엔 원래 깃발이 없었다
누가 층계를 만들고 깃발을 꼽았나
깃발을 자랑하던 사람들의 종아리에
회초리가 따갑다
회한의 회초리 성찰의 회초리 평등의 회초리
아픈 상처에 새살이 돋기까지 걸어야 하리
언덕 너머 먼동이 틀 때까지